SHY NOVELS

騎士の涙

夜光花

イラスト 奈良千春

CONTENTS

騎士の涙

1 始まりの物語

Story of the Beginning

王の語る寝物語が好きだった。

小さい頃、寝つけない夜、王はよく俺のためにどこかの国で起きた冒険譚(ぼうけんたん)を話してくれた。それは騎士の物語だったり、魔女の物語だったり、悪い王様の物語だったりした。王は面白おかしく語り、俺は物語の主人公になった気がしてわくわくしたものだ。

「お前はどのような物語の主人公になるのだろう」

王にそう言われた時、俺は子どもながらに夢を描いた。どんな困難にも屈せず、悪い敵を倒し、美しいお姫様と結ばれる痛快な物語だ。

そして、大人へと成長して、ようやく俺に物語の主人公になれる日がきた。

「——キャメロット王国へ旅立ってほしい」

玉座から王は静かな佇(たたず)まいで言った。尊敬する王は俺に大きな任務を言い渡した。俺はもう立派な大人で、剣の腕も達者だし、弓の腕は国一番、魔術にかけても並ぶ者はいないと自負している。そう言うと俺に剣や魔術を教えた師は「少しは痛い目に遭ったほうがいい」と呆れるが、自信のないそぶりをするよりよっぽどいいと思う。強い敵とやり合いたいというのが最近の俺のもっぱらの願いだ。

「お任せ下さい、見事使命を果たしてみせます」

俺は自信満々で答えた。

「分かっていると思うが、もう一度言おう。キャメロット王国は魔女モルガンに蹂躙され、国が傾きかけている。アーサー王が亡くなったのがその要因だろう。お前はキャメロット王国の状況をつぶさに観察してくるのだ。お前の真の使命については、決して人に明かしてはならぬ」

王は何もかもを見通す瞳で言った。王の持つ杯に、侍従の手から極上の酒が注がれる。

「分かっております。今や陸の孤島ならぬ他国の者をよせつけぬ国です。表向き、俺はただの使者としてキャメロットがどのような状況か調べている若者ってことですよね。――しっかり使命を果たします」

俺は王の前に跪き、唇の端を吊り上げた。王の間には色とりどりの花が飾られ、うっとりするような芳しい匂いがあふれている。王は他人に感情を悟られるような真似はしないが、今はその瞳が憂えている。

「お前を怪しむ者も多いだろう。信頼を勝ち取り、内部に深く入り込むのだ」

王は持っていた杯を俺に手渡した。透明な泡立つ液体が杯の中で揺れている。俺は一気にそれを飲み干した。横から手が伸びて、空になった杯が奪われる。

「騎士ランスロット、魔術師マーリン、王妃樹里……この三人と近しくなるのが手っ取り早いだろう。くれぐれも情にほだされ、素性や使命を明かすようなことがあってはならぬ」

俺は王の言葉を軽く手で制し、にこやかに微笑んだ。

「心配性ですね。俺は大丈夫です。俺の力はよくご存じでしょう？　持ち前の人懐(ひとなつ)こさで、誰とでも打ち解けてみせますよ」

胸を張って言うと、王は軽いため息をこぼした。

「陽気な子鬼――それが幼いお前のあだ名だったな。くれぐれも用心してゆけ。キャメロット王国ではお前を助ける者はいないのだから」

王は玉座から立ち上がり、俺の前に立った。俺が腰を浮かすと、そっと抱きしめてくれる。俺は目を閉じて身を委ねた。

「帰ってきたら、俺の物語をお聞かせします」

王が離れると、俺は片目をつぶって陽気に言った。やれやれと王は苦笑する。俺はマントを翻(ひるがえ)して歩きだした。ここから俺の物語が始まるのだと胸を高鳴らせて――。

2 複雑な関係

Complicated Relationship

ドアをノックする音が聞こえて、樹里(じゅり)は身を硬くした。

傍にいたサンが困ったような顔をして樹里を窺(うかが)う。

「樹里様、部屋に入れて下さい」

よく知っている男の声がドア越しに響き、樹里は両手で顔を覆ってうなだれた。夕食を終えてそろそろ寝る時刻だ。部屋の中央にあるテーブルの燭台では、ゆらゆらと炎が躍っている。どこかの隙間から風が忍び込んでいるのだろう。

「樹里様、……開けて下さい」

ドア越しに再び男の声がする。樹里は椅子から立ち上がると、ドアの前まで行ってそっと触れた。

「……駄目だ」

樹里は低い声で答えた。何度目の拒絶だろう。今夜も眠れない夜になりそうだ。

「入れて下さい」

ややあって再び男の声がする。樹里は無意識のうちに赤くなった頬をごしごしと擦り、固く目を閉じた。

　このドアを開けたら、男は部屋に入ってくるだろう。本当は樹里の意思など聞かずにドアを開けることができるのに、最後の矜持(きょうじ)か、優しさか、あるいは別の意図があってか、男はじっと待っている。

　ドアを開けたら、どうなるか分かっているから、開けることはできない。男を招き入れたら、今夜その腕の中で眠ることになる。

「……ランスロット、頼む。帰ってくれ」

　樹里は絞り出すように告げた。背後で心配そうにサンが見ている。

「愛しています、樹里様。私はあなたが欲しい」

　ランスロットの熱っぽい声に、樹里はカッと耳まで赤くなった。ランスロットがドアに触れているのが分かって、いたたまれなくなりドアから離れる。

「部屋に戻ってくれよ、ランスロット……。頼むから」

　樹里はそう言うなり、奥の寝室に足早に進んだ。これ以上ランスロットの声を聞いているとおかしなことになりそうで嫌だった。思い出したくないのに禁足地で抱かれた時のことを思い出してしまう。あんなことはもう二度としない。あれきりだ、と自分に言い聞かせ、ベッドに潜り込んだ。

「樹里様、よろしいんですか？」

　サンは心配そうに部屋の入り口を見つめて尋ねてくる。いいも悪いもない。樹里は上掛けを頭から被り、寝たふりを決め込んだ。

海老原(えびはら)樹里がこの異世界に迷い込んだのは、高校二年生の時だ。

ガルダという神官によって『アーサー王物語』と酷似する、このキャメロット王国に召喚され、神の子として生きることになった。

魔女モルガンの呪いのかかったこの国には言い伝えがあった。王の子と神の子が真の愛で結ばれた時、神の子は子どもを宿し、生まれた子どもがこの国の呪いを解く——というものだ。男同士で子どもができるわけがないと、樹里はこの言い伝えをまったく信じていなかった。そもそも男同士の恋愛がふつうなことに馴染(なじ)めなかった。

だが、キャメロットで暮らすうちに、樹里は自然とこの国の第一王子であるアーサーを愛するようになった。そしてモルガンとの闘いの中で、樹里の母親が、この国に呪いをかけた魔女モルガンと魂を分けた存在であることが分かった。その子どもである樹里とモルガンの子どもであるジュリもまた魂を分け合った存在だった。魔女モルガンは自分と子どものジュリが命を落とした場合に備えて、魂のストックを作っていたのだ。それが樹里と樹里の母親だ。要するにジュリを殺せば樹里が死ぬことになり、魔女モルガンを殺せば樹里の母が死ぬことになる。それを知った樹里は、一度は自分の世界に逃げ帰った。

樹里がこの世界に戻ってきたのは、お腹にアーサーの子がいると分かったからだ。魔術師マーリンと共にこの世界に戻り、キャメロット王国の一員として生きる決意をした。だがその矢先、魔女モルガンの奸計により、アーサーは還らぬ人となり、騎士ランスロットと神獣のクロがモルガンの手に落ちた。

樹里はキャメロットの民を守るためにこの世界に残り、魔女モルガンによって連れ去られたランスロットとクロを連れ戻すことに成功して、お腹の子どもは妖精王が預かってくれた。そこまではよかったのだが、ランスロットはこれまで抑え込んできた樹里への気持ちを爆発させた。樹里が元いた世界に帰ろうとした際、強引に樹里を抱いたのだ。アーサーが死んで二年半経つとはいえ、樹里はランスロットと特別な関係になる気はなかった。ランスロットが自分のことをずっと一途に想っていたのは知っていたが、アーサーを忘れられず、ランスロットの気持ちは見て見ぬふりをしようと決めていたのだ。

ランスロットはキャメロット一の高潔な騎士だから、強引に迫ったりはしないだろうと高をくくっていたのかもしれない。以前迫られた時、身体だけでもいいならと言うと何もせずに去っていった男だ。本気で嫌がればやめてくれるだろうと思い込んでいた。

けれど、ランスロットの想いは樹里の想像以上だった。

自分がこの世界から去ろうとしたことが、ランスロットの箍を外したのだろう。元の世界に通じるラフラン湖の禁足地で夜通し身体を繋がれた。自分が思う以上にランスロットに執着されていたのだ。

ランスロットにはこの関係を隠す気がなく、サンはもちろん騎士のユーウエィンやマーハウス、一番知られたくなかったアーサーの従妹（いとこ）であり、王家の血を引いているグィネヴィアにまで知られてしまった。

（あーマジ、どうすんだよ……）

グィネヴィアの嫉妬に狂った顔を見た瞬間、樹里はラフラン湖に飛び込みたくなった。グィネヴィアはアーサーの花嫁候補だった頃からひそかにランスロットを愛していて、ランスロットの帰還を誰よりも喜んでいた。ランスロットも少しはそれに報いてやればいいのに、領民に向けるのと同じような態度しかとらなかった。樹里はランスロットとグィネヴィアが結ばれればいいと思っている。

「樹里様、またよく眠れなかったんですね……」

サンに起こされて桶（おけ）の水で顔を洗っていると、心配そうに言われた。サンは十三歳の少年で、樹里の従者だ。褐色に焼けた肌と大きなくりっとした目の可愛い子だ。

二十一歳になった樹里は、今ラフラン領にあるランスロットの城で暮らしている。モルガンの魔術のせいで王都が壊滅状態なので、キャメロットの民のほとんどがラフランに移住している。初夏のラフラン領は爽やかな陽気で、窓からは涼しい風が吹き込む。空は青々と澄み渡り、窓から見える景色は緑にあふれている。妖精王が守るこの土地はキャメロット王国で唯一、魔物に侵されなかった貴重な場所だ。

「うん……まぁ」

そんなひどい顔をしているのかと樹里は眉間を指で揉んだ。眠れない夜が続いている。それもこれもランスロットのせいだ。禁足地で一線を越えた次の日から、夜になるとランスロットが部屋にやってくる。樹里がドアを開けるのをひたすら待っている。無理やり入ってこないところは感心できるが、それにしても断るほうだってもやもやする。

「うー……。これだけ断ってるんだから諦めてくんねーかな」

樹里は乾いた布で顔を拭き、ため息をこぼした。

ランスロットは臆面もなく愛の言葉を口にするようになった。言われているこちらはたまったものではない。まったく興味のない相手なら無視できるが、ランスロットに対する好意はあるから困るのだ。

「ランスロット様の熱意はすごいですねぇ。断られ続けているところを見ると、何だか可哀想になっちゃいます」

サンは樹里の気持ちも知らず、ランスロットに同情的だ。

「アーサー王がお亡くなりになってもう二年半も経っていますし、僕はランスロット様と恋仲になってもいいと思いますけど」

サンに無邪気に言われ、樹里は無言でテーブルについた。運ばれてきた朝食はパンとスープ、新鮮な果物だ。

――モルガンによって殺されたアーサーだが、復活する可能性があると妖精王は言った。アーサーを刺した剣は呪いの剣と言い、命を奪うだけでなく触れたものを石化する呪力があった。アーサーの身体が腐らないようにマーリンが術を施したおかげで、アーサーは完璧な状態で石化されることになった。それが功を奏したのか、時がくれば生き返ることができるそうなのだ。もっとも樹里が生きている間に復活することはないそうで、何よりもアーサーの石化した身体が欠けることなく保存しておかなければならないから、復活するにしても可能性はごくわずかだという。このことはまだ公表するべきではないと会議で決まり、一部の人間しか知らない。サンはそのことを知らないので、新しい恋に生きるべきだと言っているのだ。

「マーリンの様子はどうだ？」

朝食のパンを齧り（かじ）ながら樹里は話を逸らした。

マーリンやランスロット、騎士のユーウエィンとマーハウス、技師数名は王都の現状を調査しに行く予定になっている。だが、出発直前にマーリンが高熱を出して倒れてしまったので延期になっていた。

「だいぶ回復したようです。明日か明後日には出発できそうですよ。樹里様の支度はすんでいるのでいつでも大丈夫です」

サンは笑顔になって樹里のためにハーブティーを淹れ（い）る。当初、樹里は行く予定ではなかった。けれどランスロットが王都行きに樹里を伴うと主張し、拒めない状況になっていた。ランスロットは何かを吹っ切ってしまったのか、他者に口を挟む余地を与えない断固とした態度をとるようになっていた。もともとラフラン領の領主だし正しいのかもしれないが、強引で困ってしまう。

ランスロットは自分が不在の間に樹里がいなくなるのではないかと不安なのだ。実際、ランスロットが王都に行ったら、こっそり自分のいた世界に帰るつもりだった。ひとまず魔物は消えたようだし、ランスロットと神獣のクロは取り戻したし、お腹の中にいた子どもは妖精王が預かってくれた。アーサーのいなくなったこの世界に留まるより、向こうの世界にいる母のもとに帰ったほうがいい、と考えていた。

「……グィネヴィアはどうしてる？」

スープをちびちび飲みながら、樹里は小声で聞いた。

樹里とランスロットとの関係を知ったグィネヴィアは、部屋にとじこもって出てこなくなってしまった。ショックだったのだろう。ランスロットも少しは気を遣えばいいのに、面と向かって「私が愛しているのは樹里様だけ」とのたまった。蝶よ花よと大事に甘やかされて育てられたグィネヴィアには、耐えがたかった違いない。

「侍女が食事を運んでいるようですが……ランスロット様が謝らない限り、部屋から出ないと言っているそうです」

サンも困った表情だ。ランスロットはそれを聞き「そうか」と言っただけで何も反応しなかったそうだ。ランスロットにすれば食事もとっているし、部屋にいるくらい問題ないのだろう。

「ここだけの話。使用人の間では、何日で部屋から出てくるか賭の対象になっているんです。僕はあと三日もすれば出てくるんじゃないかと思ってるんですけど」

ことさら声を潜めてサンが言う。どうやらサンも一口乗っているらしい。傷心のグィネヴィアには聞かせられない話だ。

朝食を終えると、樹里はシャツにズボンだけの簡素な服装で部屋を出た。部屋の隅で寝そべっていたクロが、樹里の横に自然と並んでついてくる。クロは金色の瞳に銀色の毛並みの豹に似た生き物だが、向こうの世界にいた時はただの黒猫だった。こっちの世界に来て姿が変貌し、神獣として樹里を守っている。

ラフラン城は石造りの堅固な城で、王城のような華やかさはないが、守りに強い立派な城だ。二階の廊下の窓からはラフラン領一帯が見通せる。今日もラフラン湖は湖面を輝かせ、美しく穏やかだった。小舟が浮かんでいるのは漁をしている者がいるためだろう。ここにいると魔女モルガンの恐ろしい襲撃などなかったような気にさえなってくる。

半年前までキャメロット王国にはモルガンが作った魔物がうようよいた。今、その魔物は一掃され、生き残った人々が王国を復興するべくがんばっている。

「おはようございます、樹里様」

窓からラフラン湖を眺めていると、宰相のダンに声をかけられた。ダンは白髪に白い顎鬚を生やした初老の男性だ。見た目はマーリンよりよほど魔術師っぽい。

「おはよう」

樹里はダンとまともに視線を合わせるのを避けて、その脇をすり抜けようとした。ランスロットと一線を超えたことを、口の軽いマーハウスがあちこちで話してしまった。それ以来、意味ありげに挨拶されたり、「ランスロット様をよろしくお願いします」と切実な口調で訴えられたり、渋い顔で見られたりと散々なのだ。ダンのところまで噂が届いていないことを樹里は願っていた。

「樹里様、ランスロット卿とのこと、事実なのですか？」

静かな声でダンに引き留められ、樹里は「うっ」と首をすくめた。願いも虚しく、ダンの耳にまで話は届いてしまったらしい。

「俺は……その……」

樹里は床を見つめ、ごにょごにょと口ごもった。樹里のその態度からある程度のことを察したのだろう。ダンが労るような眼差しで近づいてきた。

「ランスロット卿が樹里様を深く想っていることは存じております」

ダンの温かい手が肩にかけられ、樹里はおそるおそる顔を上げた。強引に関係を持たれたとダンに言うのは言い訳がましくて嫌だった。とはいえ樹里がこの状態に乗り気だとは思ってほしくない。

「恋しい相手が自分を助けに来てくれた……ランスロット卿の想いはいっそう深くなったでしょう。樹里様が王妃という立場でなければ、私も野暮なことは申し上げたくないのですが……」

やれやれという表情で見つめられ、樹里は口をへの字にした。

「宰相としては、あまり歓迎できないと申すほかありません。ご自分の立場をお考え下さい。アーサー王が復活する可能性があるのですから」

ダンに言い含められ、樹里は恥ずかしさのあまり耳まで赤くなった。

「ランスロットとは……そのぅ、そういうことにはならないから……いやマジで……。それはおいといてさ、あの、俺、王妃やめられないかな？」

樹里はひそかに考えていたことを話そうと、ダンの腕をとって窓に近寄った。王妃をやめる——アーサーが死んでから何度も考えたことだ。アーサーがいたから婚姻という高いハードルを越えられたが、アーサーが亡くなり、生き残ったキャメロットの民も安全なラフラン領に連れてこられた。樹里としてはもう重い荷物を下ろし、元の自分に戻りたかった。ダンは面食らったように樹里を見つめる。

「王妃をやめる……？　今の立場にご不満でも？」

ダンは樹里の意図を勘違いしたのか、眉根を寄せる。

「不満とかじゃないんだ。俺、自由になりたい」

樹里が熱っぽく言うと、ダンが息を呑んで視線を泳がせた。動揺したようだ。もともと神の子という立場にある樹里が自由などと口走ったから、混乱したのだろう。自分のいた世界に帰りたい、と言わなかったのは、ダンがそこまで樹里の事情を知っているわけではないからだ。

「しかし、まだ決定しておりませんが、御子がお生まれになれば樹里様は次期国王の皇太后というお立場になられます。神の子としての職に専念したいというお考えでしたら」

「違うんだ、ダン。そうじゃなくて……」

樹里はダンの言葉を遮って、唇を噛んだ。好きなところに好きな時に行き、好きなことをする。その権利を望むのは難しいのだろうか。樹里は迷った挙げ句、決意して告げた。

「俺、王妃も神の子もやめて、ここじゃない別の場所に行きたいんだ」

ダンはひどく驚き後ずさりした。樹里がそんなことを言うとは考えてもみなかったのだろう。

「モルガンの脅威はあるかもしれないけど、ここなら安全だろう？　俺がいなくても——」

　重ねて樹里が言うと、ダンはしわのある手を樹里の顔に差し出して制した。

「そのような……。樹里様。お考え直し下さい。確かに今は平穏が戻っておりますが、幾多の危機を共に乗り越えたではありませんか。何よりこの平穏もいつまで続くかはモルガン次第。またいつ闘いが始まるか分かりません。我らのもとを去って、どこへ行こうというのです？　私には樹里様が何をおっしゃっているのか理解できません」

　ダンにはとんでもない発言だったらしい。樹里を不審の目で見ている。自分が本当は別の世界で生まれたことや母のもとに帰りたいなどと言っても、ダンには理解できないだろう。分かっていたことだが、それだけ深くキャメロット王国と関わってしまったのだと樹里は痛感した。

「……」

　何と言えばいいか考えあぐねていると、ショーンがやってきた。ショーンはランスロットの身の回りの世話をする使用人で、もじゃもじゃ髪でそばかす顔の爽やかな青年だ。

「お話し中、申し訳ありません。マーリン様ですが、熱も下がりましたのでもう大丈夫だと思います。体力を消耗しておられたようなので精のつくものを食べてもらっています」

　ショーンはマーリンの看病をしていたので、肩の荷が下りた様子だ。気難しいマーリンの相手は骨が折れただろう。

「ショーン殿、感謝いたします」

　ダンはショーンの労をねぎらい、頭を下げる。ダンは相手が自分よりずっと年下でも、身分が低くても礼を欠かさない。

「樹里様、マーリン殿にいつ出発できるか聞いてもらってもよろしいですかな？」

ダンに促すように言われ、樹里は黙って頷いた。会議の日以来、樹里はマーリンと話していない。ダンもそれを気にして話す時間を持たせたのだろう。

樹里は階段を下りて西側の客室を目指した。マーリンの部屋のドアの前で深呼吸していると、いきなり向こう側からドアが開いた。

「わっ」

ドアから姿を現したのは、ここのところずっと避けていたランスロットだった。驚いたように動きを止め、樹里を見つめる。ランスロットは端整な顔立ちの背の高い、鍛えられた身体の青年だ。肩までのゆるいウエーブのかかった黒髪に、翡翠色(ひすいいろ)の美しい瞳をしている。キャメロットでもっとも強いと言われている騎士で、このラフラン領の領主だ。

「樹里様。マーリン殿に用事でしたか？」

廊下に一歩進み出て、ランスロットが言う。樹里は内心の焦りを必死に隠し、廊下の隅に目をやった。ランスロットは白い上等な布のシャツと黒い革のズボン、黒のブーツを履いていた。樹里は居心地の悪さに顔を引き攣(ひきつ)らせた。

「あ、うん、まぁ……」

しどろもどろで答え、視線を泳がせる。するとランスロットがすっと近づき、樹里の腕をとった。逃げる間もない。やや強引に腕を引っ張られ、窓辺に連れていかれた。

「樹里様」

ランスロットの吐息がかかり、気づいた時には強く抱きしめられていた。驚いてランスロットの胸を押し返したが、びくともしない。

「ランスロット、ちょ、あの……っ」

こんなところを誰かに見られたら大変だと、樹里は必死にランスロットの腕から逃れようとした。けれどランスロットはますますきつく樹里を抱きしめ、樹里の肩に顔を埋める。

「どうして私のことを避けるのですか」

耳元で苦しげに囁かれ、鼓動が跳ね上がった。ランスロットの腕で作られた檻に閉じ込められ、身じろぎもできない。こういうことになるから避けているんだとは言えず、樹里はもぞもぞと身体の向きを変えた。

「俺、マーリンに用事があるから……っ」

離してもらおうとして怒ったように言ってみたが、ランスロットは樹里の腕を離さない。

「緊急の用事で！　今すぐマーリンと話したいことがあるから！」

無言でぎゅうぎゅう抱きしめてくるランスロットに焦れて、樹里は大きな声で叫んだ。

「ではこの場でお待ちしています」

ようやくランスロットが腕を離した。樹里はどっと疲れて、大きくため息をこぼすと、急いでマーリンの部屋に駆け込んだ。ゆったりした動きで入ってくるクロにイライラしながら後ろ手でドアを閉め、強張っていた身体から力を抜く。

（マーリンとランスロットは仲が悪いから、ここなら会わないと思ったのに）

がりがりとうなじを掻くと、突き刺さるような視線を感じる。部屋の奥にある寝台に腰を下ろしていたマーリンが、不快そうにこちらを見ている。

「あ、お邪魔します」

樹里はへこへこと頭を下げ、奥の部屋に足を進めた。臥せっていると思ったマーリンは寝台に腰をかけ、身づくろいもすんでいた。顔もだいぶ血色がよくなったし、何よりやつれていた頬に肉がついてきた。

「何の用だ、尻軽め」

開口一番、痛烈なジャブを見舞われ、樹里は胸を押さえた。

「いや、あ、あの……」

冷や汗を流し、おそるおそるマーリンを窺う。この様子ではランスロットと樹里の関係はばれている。おしゃべりなマーハウスのせいか、あるいはランスロットが直接話したのか。詰られるのが嫌でマーリンと話さずにきたのだが、覚悟を決めるしかない。

「俺のことはどうでもいいだろ」

ランスロットと関係を持ったのが知られたら、アーサー大好きなマーリンには怒られるだろうと分かっていた。望んでしたことではないと言おうかとも思ったが、どんな理由があるにせよ受け入れてしまったのは確かだ。ここは男らしく言い訳せずに突っぱねようと決めた。

「そうだな。尻軽なお前のことなどどうでもいい。御子が無事に生まれさえすれば、お前が死のうが生きようがどうでもいい。アーサー王に操を立てれば少しは見直していたかもしれないがな」

　マーリンにちくちくと嫌味を言われ、樹里は苦虫を嚙み潰したような顔になった。もっとも嫌味は言われたが、マーリンは予想よりも怒っていない。おそらく樹里のことなど本当にどうでもいいのだろう。

「ダンに頼まれてきたんだよ。いつ出発できそう？」

　樹里は寝台の傍にあった椅子に腰かけた。マーリンの部屋は寝台とサイドテーブルくらいしかない。クロはマーリンの足先で鼻をくんくんさせ、前脚を寝台にかけた。マーリンはムッとした様子でクロの前脚を払（はら）い退（の）けている。ベッドに乗るなと厳しく言い渡され、クロはしょんぼりして床に伏せた。

「明日出発でも構わないが、夜半にかけて雨が降りそうだ。明後日に発つのがいいだろう」

　マーリンは窓に目を向けて言った。マーリンの天気予報は外れたことがなく、夜に雨が降ると言うなら降るのだろう。となると、予定よりも一週間遅れての出発になる。

「ランスロット卿に巣くった魔物のことを考えれば、なるべく天気が良い日を選ぶべきだ」

　マーリンに言われ、樹里は表情を引き締めた。ランスロットがマーリンの部屋を訪れた理由が分かったのだ。

　ランスロットはモルガンの城に囚われていた間に術をかけられたらしく、夜になると身体に棲（す）みついた蛇によって苦しんでいる。ラフラン領は妖精王の庇護下にあるおかげか、蛇が動きだす様子はない。けれどラフラン領を出て王都に向かうとなれば、また動き始めるだろう。ランスロットは道中を案じてマーリンに相談に来たに違いない。

「マーリンでも、あれは退治できないのか」

樹里はがっかりして呟いた。

ランスロットに巣くった魔物に関しては、妖精王から「妖精の剣で退治できる」と言われている。妖精の剣とは、ランスロットが妖精王から与えられたものだが、ランスロットにアーサー殺しの罪が着せられた時、武器はすべて取り上げられ、王宮の保管庫にしまわれた。妖精の剣もそこにあるのだ。

「厄介な術だ。だがそれよりも、あいつのために術を使う気はない。思い切り苦しめばいいのだ。私はまだあいつを許したわけではない」

マーリンは悪人面してほくそ笑んだ。以前からランスロットを煙たがっていたマーリンだが、アーサーの一件ですっかり対立するようになってしまった。少し前までランスロットを殺すことに執念を燃やしていたのを思えば、嫌味を言うくらいならマシだと前向きに考える。

「そんじゃ明後日、出発だな。俺はできれば行きたくなかったんだけど……」

はぁ、と樹里がため息を吐くと、マーリンがごろりと寝台に横になった。

「あの様子では、ランスロット卿は剣を抜けまい」

小馬鹿にしたようにマーリンが言い、樹里は息を呑んだ。

妖精の剣でランスロットに巣くう魔物は退治できる――だが、妖精の剣は誰にでも抜ける剣ではない。この国で一番強く、一番高潔な者だけが抜ける——そんな特別な剣なのだ。

「まさか……マジで抜けないって言ってるのか？」

樹里は不安になってマーリンを窺った。

「はっ。愛に狂っている男が、高潔とは笑わせる。妖精の剣が抜けるものか」

マーリンは吐き捨てるように言い、樹里の不安を倍増させた。マーリンの目にも分かるくらい、ランスロットは我を失っているのだろうか。ランスロットが妖精の剣を抜けないとなると、身体に巣くう魔物はそのままランスロットを苦しめ続ける。一緒に旅していた時、ランスロットはひどい痛みに耐えていた。もうあんな姿は見たくない。

『妖精の剣が抜けなかったら——王墓を訪ねるとよい。そこで会う者がお前を助けるだろう』

樹里は妖精王の言葉を思い返し、もやもやした。妖精王は最悪の場合を想定して別の手立ても教えてくれた。王墓で誰に会うというのだろう？　王都に残っている者は限られていて、神官のリリィくらいしか思いつかない。

「用がそれだけならもう行け。獣にうろつかれると目障りでならない」

マーリンは鼻先を近づけてきたクロを手で追い払った。クロの尻尾が悲しそうにだらんと垂れ下がり、すごすごとドアに向かう。ここでクロに冷たいのはマーリンくらいだ。

お大事にと呟き、樹里は部屋を出た。とたんに廊下にいたランスロットが目に入り、身体を硬くする。ランスロットが待ち構えていることをすっかり忘れていた。

「樹里様」

見なかったふりをして歩きだそうとした樹里の腕を、ランスロットが捕まえる。渋々顔を上げると、真剣な眼差しで見つめられる。

「どうか、避けないで下さい」

熱っぽい口調で迫られ、樹里はたじたじと下がった。以前から想いのこもった目で見つめてくることはあったが、ここ最近はそれがいっそう激しくなっている。他に人がいてもおかまいなしに見つめてくるし、切ない表情で隙あらば触れようとする。

「いやあの、俺、用事が……」

ランスロットの手を懸命に引き剝がそうとすると、逆に強い力で引っ張られ、中庭に連れていかれた。ランスロットの力に比べれば樹里の力など子どもも同然だ。中庭には白い大きな花弁の花が咲いていて、蝶がひらひらと舞っている。クロは樹里の焦りにまったく気づかず、ふんふんと鼻を鳴らしてついてくる。

「樹里様……」

薔薇（ばら）の生け垣がある場所に来るとランスロットは思い余った様子で振り向いた。密会するには最適な場所で、ランスロットの大きな身体を薔薇の生け垣が隠している。両方の二の腕を摑まれて、樹里は思わず仰（の）け反（ぞ）った。

「ちょ、待て、変な真似すんなよ⁉　もうああいうことはしないからな！」

密着しようとするランスロットを怒鳴ると、悲しげに見つめられる。

「私のことを嫌いになりましたか？　だから、部屋に通してくれないのですか？」

苦しそうに言われ、樹里は顔を引き攣らせた。

「そういうんじゃなくて……、困るから。ああいうのは、あれ一回きりだから」

樹里は心を鬼にして断固とした口調で言った。禁足地で身体を許したのは間違いだった。おかげで今大変な目に遭っている。

「俺より、グィネヴィアに優しくしてやれよ。部屋に引き込もってんじゃんか」

何とかランスロットの腕を解き、樹里はそっぽを向いて言った。ランスロットは樹里が本気で嫌がれば無理強いはしない。

「樹里様。グィネヴィア姫に気のない私がそのような態度をとるのは、却って残酷でしょう」

冷静な反論に樹里は「うぐっ」と呻いた。正論すぎて返す言葉がない。グィネヴィアとランスロットがくっついてくれれば円満に事が収まるのに。

「私が愛しているのはあなた一人です。ずっとお慕いしておりましたが、あなたの身体に触れてから私の頭の中はあなたでいっぱいになっている」

あられもない言葉を臆面もなく告げるランスロットに辟易し、樹里はその場を離れようとした。けれど素早くランスロットが回り込んできて、樹里の腰を引き寄せる。大きな手で腰を抱かれると、嫌でもあの夜を思い出して樹里は真っ赤になった。ランスロットの腕に抱かれ、何度も達した。声を抑えられなくて、快楽に溺れた。

「ひ、卑怯だろ……。本気で嫌なら殺せとかさ……」

樹里はランスロットを睨みつけ、赤くなった頬をごしごし擦った。あの夜、ランスロットはそう言って迫ってきた。

「殺せばよかったんです。あなたに殺されるなら、本望でした」

嫌味で言ったことに真剣な顔で返され、樹里は言葉に詰まった。ランスロットはすべてに対して真剣で、何を言っても通じない気がした。樹里の微妙な気持ちなど、慮（おもんぱか）ってくれない。

「ランス……」

ランスロットから離れようと、樹里は胸を押し返したが、逆に強い力で抱き込まれ、身動きがとれなくなった。うなじに手がかかり、強引に唇をふさがれる。驚いて逃げようとしても、ランスロットの腕の中では抵抗らしい抵抗はできなかった。

「ん、う、や……っ」

うなじを押さえつけられて、深く唇が重なる。熱い吐息が絡み合い、口内にランスロットの舌が入ってくる。ランスロットの力にぜんぜん敵わなくて、鼓動が速まる。思うままにされる自分が情けなくて涙が滲（にじ）むのに、ぞくぞくとした愉悦も感じる。ランスロットに貪るように唇を求められ、身体に熱が灯る。

「や、だ……、駄目……」

切れ切れに樹里が呟いても、ランスロットは激しく樹里の身体をまさぐり、口づけを続けた。唇がふやけそうだ。何度も吸われ、口内を探られ、息が乱れていく。徐々に力が抜けていって、気づいたらいつの間にか草むらに押し倒されていた。

「愛しています……樹里様」

ランスロットが切なげに呟き、衣服の上から樹里の下腹部に触れてくる。樹里はびくりとして腰を跳ね上げた。激しい口づけに、下腹部が形を変えていた。ランスロットもすぐに分かったのだろう。樹里の局部を布越しに擦り上げる。

「駄目、駄目だって、ば……っ」

樹里は焦って草むらを這い、ランスロットを押しのけようとした。自分の身体に嫌気が差す。この身体はランスロットとの情事をよく覚えていて、口づけで火がついてしまった。禁足地で何度も身体を繋がれたこと、身体中にランスロットの唇が這ったこと、たくましい身体や自分を抱き込む腕の太さを――。

「樹里様」

ランスロットは生け垣の陰で樹里を抱き寄せると、ふいに大きな手で唇をふさいできた。遠くから人の声がする。

庭を通る数人の女性の声だ。樹里はランスロットと密着しているところを見られたらどうしようと全身を凍りつかせた。生け垣の陰に隠れているとはいえ、覗き込まれたらおしまいだ。緊張から身を硬くすると、ランスロットが片方の手をズボンの中に忍び込ませてくる。驚いて身をよじったが、ランスロットの手はおかまいなしに樹里の性器を握ってきた。この国には下着がない。まずい、と樹里は動揺する。

「それでね、騎士様ったら……」

女性たちは使用人らしく、王都から来た騎士のことを話している。樹里は彼女たちの声が近くなると、いっそう身を硬くして震えた。ランスロットは優しく樹里の性器を扱いてくる。声が漏れたらどうしようと樹里は不安で身を縮める。ランスロットは樹里が抵抗できないのをいいことに樹里の首筋に吸いついてくる。

「……っ、……っ」

樹里は必死にランスロットを止めようとした。ランスロットは彼女たちに聞かれても構わないのか、樹里の性器の先端を爪でぐりっと弄る。樹里はびくりと腰を浮かせ、喘ぐような息を吐く。

「こんなとこで……っ」

女性たちが遠ざかると、樹里は小声でランスロットを詰った。けれどランスロットは硬くなった樹里の性器を握り、身体を密着させてくる。尻の辺りにランスロットの腰が押しつけられる。ランスロットの性器も硬度を持っているのが分かり、樹里は息を呑んだ。

「ここは私の城です。私を咎める者などいません」

ランスロットはそう言うなり、樹里のズボンを引き摺り下ろした。肌が外気に触れる。ランスロットを突き飛ばそうとしたが、ランスロットの身体はびくともしない。樹里は両腕を難なく片手で掴まれ、尻を揉まれた。まさか、こんな場所で事に及ぼうというのか。

「ランスロット、嫌だ、やめてくれ」

ランスロットの指が尻の奥に潜り込んできて、樹里は情けない声で訴えた。ランスロットの息遣いはすでに荒くて、樹里の内部を容赦なく指で探ってくる。懸命に逃れようとしたが、のしかかってくるランスロットの身体を退けることも、内部に深く入り込んでくる指を抜くこともできなかった。何よりも奥を探られ、身体が勝手に感じ始めてしまう。

「や……、嫌、だ……、ぁ……っ」

二本の指で尻を広げられ、奥にあるしこりを擦られる。そうされると口でいくら嫌だと言っても、性器は反り返り、先端から蜜があふれてくる。腰は勝手にびくびく跳ねるし、吐く息も熱い。

ランスロットは樹里の首筋や耳朶(みみたぶ)に吸いつきながら、乱れた息を吹きかけてきた。

「嫌だと言っても、あなたの身体は私を欲している」

耳元で囁かれ、樹里はぞくりとして鳥肌を立てた。ランスロットの囁きで暗示にかけられたように身体がより熱くなっていく。ランスロットの性器で何度も激しく奥を攻められた記憶がリアルに蘇り、下半身に熱が集中する。

「ん……、やぁ……っ、あっ」

指を何度も出し入れされて、甘い声が抑えられなくなってきた。いつ誰が来るともしれない場所で、喘ぎ声を上げている。樹里は羞恥(しゅうち)で耳まで赤くなった。

「樹里様……、入れます」

ランスロットはそう言って指を引き抜くと、手早くズボンを下ろして怒張した性器を押し当ててきた。息を詰めた瞬間、ランスロットの性器が尻の穴を広げて入り込んでくる。まだそれほど馴らしたわけではないからランスロットの大きな性器を受け入れるのは少し痛みを伴った。けれどそれを上回る熱い痺れのようなものに襲われ、樹里は二の腕に顔を埋めた。ランスロットの性器が奥へ入るにつれ、嬌声(きょうせい)が漏れそうになったのだ。

「はぁ……、はぁ……、樹里様……あなたが熱く絡みついてきます」

ランスロットは半分ほどまで性器を埋めると、ようやく樹里の手首を離してくれた。代わりに樹里の腰を抱え込み、ゆさゆさと揺さぶり始める。

「ひ……ッ、……っ、……ぁ」

樹里は目に涙を溜めて、草むらに顔を押しつけた。ずっと避け続けていたのに、よりによってこんな場所で犯されてしまった。ランスロットの長くて硬い性器が、待ちわびたように樹里の内部を蹂躙する。一突きされるごとに身体から力が抜けて、樹里は声を殺すのに必死だった。認めたくないが、ランスロットと繋がると気持ちよくて理性が飛ぶ。睦言を囁かれ、たくましい腕で押さえつけられると、身も心も蕩(とろ)けるようになる。

「樹里様……、このまま離れたくない」

ランスロットは樹里の耳元で熱っぽく呟く。カリの部分で奥の感じる場所を執拗(しつよう)に擦られ、樹里は甘く呻いた。

「駄目、駄目、だ、め……っ、あ、あ……っ」

樹里は太腿(ふともも)を震わせて喘いだ。ランスロットの手が前に回り、麻のシャツの上から乳首を擦ってくる。とっくにしこっていた乳首を摘まれ、樹里は息を詰めた。ランスロットは布越しに乳首を引っ張る。そうされると無意識のうちに内部にいるランスロットを締め上げてしまい、呼吸が荒くなった。

「樹里様、本当に嫌なら声を上げて助けを呼べばいい」

ランスロットが意地悪く言い、シャツの裾から手を差し込んできた。ランスロットの指が直接乳首を摘み上げてくる。シャツは大きく捲り上げられ、ズボンは膝の辺りで留まっている。あられもない姿を外でさらしていることに、樹里はたまらなく身悶えた。

「や、だ……っ、もうやめ、あっ、あ……っ」

樹里の泣きそうな声に反応するように、ランスロットの性器が根元まで潜り込んでくる。ランスロットは一転して激しく樹里を突き上げてきた。ずぷずぷと出し入れする音が聞こえ、樹里は腰を震わせた。やめてほしいのに、さらに奥を攻められ、声を我慢できなくなった。

「ひ……っ、は、あ……っ、ン……ッ」

嬌声を上げ、樹里は自分の口をとっさに手でふさぐ。

「樹里様……っ、はぁ……っ、はぁ……っ」

ランスロットはいきり立ったように樹里の身体を激しく揺さぶった。めちゃくちゃに奥を突かれて、頭がぼうっとした。ランスロットが律動するたび、いやらしい音が聞こえる。誰か近くを通ったら気づかれてしまう。そう思うのに気持ちよくて、恥ずかしくて、どうしていいか分からない。時おり乳首を摘まれると、内部の収縮が強くなる。ランスロットの性器は熱くて、大きくて、何も考えられなくなる。

「う、っく……、……っ」

ランスロットは樹里の肩に顔を埋めると、ふいに身体を強張らせた。とたんに内部がじわっと熱くなり、ランスロットの精液が注ぎ込まれたのが分かった。

「ひ……っ、は……っ、は……っ」

樹里はひくひくと身体を震わせ、溜めていた呼吸を吐き出した。いつの間にか自分も射精していたようで、草むらに残滓が散っていた。

ランスロットが軽く腰を揺さぶり、再び精液を吐き出す。

「ひぁ……っ」

樹里は思わず甲高い声を上げてしまい、身を縮めた。荒い息を吐きながら、ランスロットが腰をゆっくり引き抜く。抜かれると同時にどろどろとした精液が流れ出て、息を詰めた。

「樹里様……、あなたへの気持ちを抑えきれません」

樹里がだるい身体を起こすのを見ながら、ランスロットは吐き出すように言った。乱れた身体を厭いつつズボンを引き上げ、おそるおそるランスロットを振り返る。

ランスロットは再び襲ってきそうな熱のこもった眼差しをしている。

「……どうすればあなたを私のものにできるのか」

ランスロットが焦れたように言い、樹里を抱きしめてきた。強い力で抱き込まれて身動きがとれない。ランスロットは樹里の髪の匂いを嗅ぎ、切なく吐息をこぼす。

「あなたのことばかり考えて、苦しい……」

かすれた声で囁かれ、樹里は胸が痛くなった。これ以上一緒にいてはランスロットの熱に巻き込まれそうだ。いっそお前なんか嫌いだと言えればランスロットも諦めてくれるだろうが、嘘をつくのが苦手な樹里には言えなかった。

「ランスロット、離してくれ……。汚れたから……」

樹里は低い声でランスロットの胸板を押した。ランスロットは一度強く抱きしめてから身体を離した。

「俺を困らせないでくれよ……」

樹里はうつむきがちに呟くと、急いでランスロットから遠ざかった。生け垣から離れると、庭師が使用人と共に歩いてくるのが見える。樹里に気がつき、笑顔で挨拶してくる。樹里はぎこちない笑みでそれに応(こた)えながら、ひやりとした。中に出されたランスロットの精液が垂れてきたのだ。急いで部屋に戻らなければと自然と早足になった。


マーリンの体調が回復し、天候が落ち着き、王都に出発する日がきた。あれ以来、ランスロットとは何もなかったが、毎日憂鬱(ゆううつ)な気分だ。二度と身体を繋げないつもりだったのに、ランスロットと二人きりになると本気で抵抗できないと身に沁みた。ランスロットの愛情に、流されてしまう。

五月も下旬となり、過ごしやすい気温に心地よい風が頬を撫でる。旅にはもってこいの気候だ。夜もそれほど気温が下がらないので野営もつらくない。シャツにズボン、フード付きのマントといった軽装で十分だ。

　王都に行くメンバーはマーリン、ランスロット、ユーウエィン、マーハウス、それから技師のジークとランドルフ、樹里とサン、クロだ。城門にはダンや大神官、キャメロット王国の主だった者たちが見送りに集まった。ユーウエィンとマーハウスは王都でのお使いをいくつも頼まれたらしく、最終確認に余念がない。荷馬車には水質検査のための道具や状況を記録する羊皮紙の束、それに王都に残った者たちのための物資が積まれた。樹里とサンは馬車に乗って移動する。御者は馬の扱いに長けているユーウエィンだ。

「樹里様、どうぞご無理なさいませんよう」

　ダンは樹里の肩を抱き、慈愛のこもった眼差しで告げた。樹里が王妃をやめたいなどと言ったせいか、あれからやけに気を遣われている。王都行きは気が進まなかったが、石化したアーサーをもう一度確認できると考えて、いくぶん前向きになった。

「分かってるよ、行ってくる」

　樹里はダンの腕を軽く叩き、笑顔で答えた。

「では、参りましょう」

　ランスロットが声をかけ、ラフラン城から離れた。騎士たちは帯剣し甲冑をつけ、騎士団のマントを羽織っている。荷馬車に合わせたゆっくりのペースで進むので、樹里にとっては気楽なものだった。クロは少し距離をおいて隊についてきている。

「ランスロット様に魔物が憑いているというのは本当ですか？　あのお強いランスロット様が苦しまれるとか、想像できないです」

ガタゴト揺れる馬車の中で、サンが不安げに尋ねてきた。ランスロットに巣くっている魔物の蛇は、ラフラン領を出たら活発に動きだすかもしれないとサンは前もって説明されていた。まだ蛇を見たことがないので、ユーウエィンとマーハウスにそう脅されて怯えているのだ。

「相当苦しそうだった。俺だったら失神してるな」

ランスロットが痛みに耐えている姿を思い返し、樹里はゾッとした。なるべく蛇には暴れないでほしいものだ。

「僕も痛いのは駄目です。剣の練習もしてるんですけど、道は遠いです」

サンは肩を落として言った。サンは身体つきが、ずいぶんしっかりしてきた。ユーウエィンとマーハウスが剣の稽古をつけているが、サンはまだ筋力が弱く、何度も手から剣を落としているのを見た。賢い子だし、薬草の知識も大人顔負けだし、別に強くならなくてもいいんじゃないかと樹里は思うのだが、男の子が強くなりたいと願う気持ちは万国共通らしい。樹里もサンくらいの年頃には空手や剣道を習っていた。

「でもすぐに力をつけて樹里様をお守りします」

気を取り直したようにサンに明るく言われ、樹里はチクリと胸が痛んだ。王妃をやめたいとか自分の世界に戻りたいとかいう話は、サンには一切していない。サンはこの先もずっと樹里に仕える気でいる。笑顔で未来を語るサンを見ていると罪悪感を覚えたが、自分に縛られず自由な生き方をしてほしいというのが樹里の願いだった。

「そろそろラフラン領を出ます」

外からユーウエィンの声が聞こえて、樹里は荷馬車から外を覗いた。前方にランスロット、その隣にはマーリンがいる。何かあったらすぐに対応できるように杖を取り出していた。ここまではまっすぐ一本に延びた街道を進んできたが、ここから先はしばらく森を突っ切る。茂った草木には何が潜んでいるか分からないので、警戒して進まなくてはならない。

幸いにもその日は、日が暮れるまで獣や魔物に襲われることはなかった。途中何度か休憩し、馬に水や餌をやり、食事をとったが平穏なものだった。以前は魔物がうようよして進めなかった道も、今は静けさを取り戻している。

「ここで野営しましょう」

川の下流に野営地を決めると、夕食の準備が始まった。枯れ枝を集め、川の水を汲み、火を熾す。この辺りの川は汚染されていないので安全だが、王都付近の川の水はまだ飲めないので明日の朝、水をストックしなければならない。

「まだ獣が少ないですね」

マーハウスはここまでの道を振り返り、残念そうにこぼした。王都から飛び出した魔物がそこら中の獣を食い荒らしたせいだ。ラフラン領内では狩りの獲物がいないという心配はなかったが、王都に近づくにつれて、生き物の気配が減っている事実を痛感する。

鍋に野菜と用意しておいた肉を入れて、サンが美味しい鍋を作った。木皿にとりわけ、火を囲み、皆で食事をする。技師のジークとランドルフは専門的な話を熱く語っている。樹里はサンの隣に腰を落ち着け、温かい食事に頬を弛ませた。サンが持ってきたパンを浸して食べるとなお美味い。

「……っ」

食事の最中、向かいに座っていたランスロットが何かに耐えるようなしぐさでうつむいた。気になって顔を覗き込むと、険しい表情になっている。もしかして魔物が動きだしたのかもしれない。

「……すみません、少し席を外します」

ランスロットは食事を終えると、皆から離れた場所に移動した。やはり魔物が動きだして痛みを与えているに違いない。

「マーリン、ランスロットの痛みを取り除ける薬草はないのか？」

ランスロットの様子など微塵（みじん）も気にかけていないマーリンに近づき、樹里はこっそり尋ねた。するとマーリンはちらりと遠くにいるランスロットを見やり、にやりと人の悪い笑みを浮かべた。

「せっかくだから苦しんでいるランスロット卿を見ながら酒を飲もう。きっと美味いに違いない」

マーリンは携帯していた酒を摑み、ランスロットのほうへ行ってしまった。冗談ではなく本気なのがマーリンという人間だ。呆れて他の人に相談しようとしたが、ユーウェインとマーハウスは貴族に頼まれた一覧表を見て何か議論し合っている。ランスロットを助ける手立てを持たない二人は、ランスロットが苦しんでいるところをあえて見ないようにしているのだ。

「樹里様、僕、今夜はクロと寝ていいですか？」

　サンは辺りが暗くなると眠気を催したらしく、荷馬車にクロを連れていこうとしている。まだ早いんじゃないかと思ったが、森から戻ってきたクロは食事をしてきたのか満足そうに大きなあくびをしている。

「いいよ、俺の分を空けといて」

　荷馬車に乗り込むサンとクロに声をかけ、樹里は仕方なくランスロットを探した。本人は見られたくないだろうが、気になる。何もできなくとも、放置して寝る気になれない。痛みがあれば、樹里を襲うような真似はしないだろう。

　ランスロットは皆から離れた岩場のところにいた。うなだれて、岩場にもたれかかっている。傍にマーリンがいて、酒を飲みながら愉快そうに眺めている。

「……樹里様、私のことは気にせず、お休み下さい」

　ランスロットは足音だけで樹里が近づいたのが分かったのか、顔も上げずに呟いた。近くに寄るとランスロットの首筋で黒い小さな蛇がうねっているのが見えた。ランスロットの身体に巣くう魔物は、ラフラン領を出て夜の闇の力を借りて活発になっている。

「マーリン、どうにかならないのか？」

　樹里が耐えかねて聞くと、マーリンは面倒くさそうに肩をすくめた。

「この黒い蛇のようなもの……魔女モルガンの術だ。キャメロット王国にはびこっていた魔物と同じものだろう」

「じゃあ、あの時みたいにお前の術で倒せるんじゃないか？」

樹里がにじり寄って言うと、マーリンはかすかにムッとした。ついつい混同してしまったが、キャメロットにはびこっていた魔物を退治したのは目の前のマーリンではなく、過去から来たマーリンだった。

「違う次元から来た私は、鉱物を使って白い蛇を作ったと言っていたな？」

マーリンにじろりと睨まれて、樹里は頷いた。神殿の聖水とモルドレッドが集めた鉱物を使って、白い蛇を生み出し、黒い蛇を殺させたのだ。

「同じように白い蛇を術で生み出し、ランスロット卿に飲ませれば、退治できるかもしれんな。ただし――体内で魔物が闘うことでランスロット卿が正気を失うかもしれんが」

マーリンに冷たく言われ、樹里はがっかりした。一瞬可能性があるかもと思ったのに、残念だ。黒い蛇が体内を移動するだけでランスロットはひどく苦しんでいるのに、そのうえ闘うとなると命を落とす危険もありうるのだろう。しかも黒い蛇は毒を吐き出すのだ。

「お望みなら作ってさし上げてもよいが？」

マーリンは意地悪くランスロットに言う。ランスロットは無言で首を振り、肩から黒い髪をさらりとこぼす。

「お気になさらず。じっとしていれば、たいしたことはありません」

ランスロットは極力抑えた声で言っているが、こめかみを流れ落ちる脂汗から、痛みは相当なものだと想像できた。何とかしてやりたいが、樹里には何もできない。樹里の涙には治癒力があるが、それが有効なのは怪我(けが)のみで、病気や毒といったものには効果がないのだ。

「どうか、馬車へ。私のことはマーリン殿が看ていてくれるようです」

ランスロットは不敵な笑みを浮かべ、マーリンを横目で眺めた。マーリンが虚を衝かれたように一瞬無表情になり、顔を歪める。二人の間に剣呑な気配が漂ったが、すぐにそれは消え去った。

「分かった、何かあったら言ってくれ」

樹里は素直にその場を離れた。ランスロットに気を遣わせては悪いと思ったからだ。ランスロットと込み入った話をしなくてすむので、ホッとする気持ちもあった。ランスロットに対する思いは複雑だ。

明後日には王都に着くだろうか。ランスロットの苦しみが取り除かれることを願い、樹里はお茶を飲み終えると、荷馬車に乗り込んだ。

3　トリスタン

Tristan

城を出て三日目の昼過ぎに、馬車は王都に辿り着いた。王都は寂れ果てていた。以前はひしめくように商店が軒を連ねていた通りも、がらんとして壊れた店があるばかりだ。人や獣の骨も転がっているし、綺麗に敷かれていた石畳も、ところどころ剝がれている。

「このような……ひどい有り様とは……」

ランスロットは荒れ果てた街を見つめ、身体を震わせた。ランスロットはアーサーを殺した犯人とされ、処刑されるはずだった。その処刑の日に魔女モルガンに攫われたから、その後の惨状を知らなかったのだ。モルガンは王都に毒を撒き、魔物を放った。多くの人が死に、街は荒れ果てた。荒廃した街を目の当たりにして、ランスロットは大きな衝撃を受けている。

「これでもマシになったほうです。何よりも青空が見えるようになりましたしね」

マーハウスが空を指して明るく言う。マーハウスの言う通り、以前の王都は黒い霧に覆われていて、昼も夜のような暗さだった。今、その霧は晴れ、初夏の晴れやかな空が続いている。

「そうか……」

ランスロットは難しい顔つきで肩を落とした。真面目なランスロットは、また自分を責めているのだろう。

樹里たちは王宮と神殿を目指した。あらかじめ連絡をとっていたので、神殿では神官のリリィや残った人々が出迎えてくれた。リリィは元々痩せた老婆だったが、ひどく弱々しくなっていて、抱きしめると骨が折れてしまいそうで心配になった。

「ランスロット様、申し訳ありません。私の勘違いであなた様を……」

リリィはランスロットを見るなり、はらはらと涙をこぼしながら謝った。アーサーを殺したのはランスロットだと証言したのはリリィだ。仕方なかったこととはいえ、真実を知ったリリィがどれほど胸を痛めたことか。

「あなたのせいではありません。アーサー王をお守りできなかった私のせいなのです」

ランスロットはリリィを責める言葉は一切口にせず、逆にリリィの前で頭を垂れた。

「辛気臭い挨拶は抜きにしましょう。土産もたくさんありますから、まずは腰を落ち着けようじゃありませんか」

ユーウエィンは荷馬車から荷物を下ろしながら、快活に言った。リリィもたくさんの物資を見て喜んでいる。運んできた荷物を抱え、樹里たちは神殿に残った人々と挨拶を交わした。久しぶりに会えて積もる話もたくさんある。

予定では一週間滞在する。樹里とサンとマーリンは以前使っていた王宮の部屋を使い、ランスロット、マーハウス、ユーウエィンたちは騎士宿舎を使う。技師二人は自分たちの家が寝泊まりできる状態ではないので、神殿の空き部屋の使用を許された。物資を運びながらもマーリンは

「一刻も早くアーサーの遺体が安置されている部屋に行きたい」と主張した。イライラしている気配というのは伝染するものだ。仕方なく物資の運搬はユーウェィンとマーハウスに頼み、樹里はマーリンとランスロットと共に地下の遺体安置所へ向かった。

ひんやりとした廊下を歩いていると、少し緊張する。石化したアーサーを見るのは胸が痛い。とはいえ、前回は予想外の出来事に驚き戸惑うばかりだったが、今回は復活の可能性をはらんだ再会だ。アーサーの身体が欠けていないか、きちんと確認しておかねば。

「術はかかっているな」

マーリンは遺体安置所の大きな扉の前で立ち止まり、扉にかけられた魔術を読み解きながら言った。過去から来たマーリンは誰も入れないようにこの扉を封印したのだ。

「けっこう」

マーリンはそう言うなり杖を取り出し、朗々とした声で歌いだした。扉にかけられた錠前が歌声と共に動きだし、軋(きし)んだ音を立てて開き始める。重々しく扉が開き、樹里たちは遺体安置所に入った。

マーリンは真っ先に棺(ひつぎ)に駆け寄り、重い蓋(ふた)を押し開けた。

「おお……」

驚愕(きょうがく)した様子でマーリンが石化したアーサーを見つめる。胸にエクスカリバーを抱いたまま眠る、最後に見た時と寸分たがわぬアーサーの姿がそこにあった。アーサーの遺体を入れたところを見ていなければ、ただの石像だと思っただろう。

　樹里はアーサーの姿を見て、自分が思ったよりも落ち着いていることに動揺した。久しぶりにアーサーの顔を見るのだから涙が出ると思っていたのに、何も感じない。現実味がない、と言えばいいのか。目の前にいるのはアーサーではなくて、アーサーを模した石像にしか感じられない。

（本当に復活するのかな……）

　妖精王を疑うわけではないが、どう見ても目の前の石像がアーサーに戻るとは思えなかった。アーサーは一度死んだ。大量の血を流して死ぬところを目撃したし、身体が冷たくなっていくのも体感した。

（復活するって、嘘なんじゃないか？　マーリンを奮い立たせようとして、それで——）

　ふと疑惑が頭を過ぎり、樹里は急いで首を振った。妖精王を疑うなんて、どうかしている。樹里たち人間と違い、天上の存在だ。そんな嘘をつくわけがない。

「呪いの剣……。何故そのことにもっと早く気づかなかったのだろう」

　横を見ると、マーリンが唇を噛みしめて石化したアーサーを見つめて呟いた。あの時のマーリンはアーサーの死に我を失った。冷静になれば思いつくはずのことも、当時のマーリンには不可能だった。

「アーサー王……」

　棺を覗き込んだランスロットは苦しそうに声を絞り出した。石化したアーサーを前にして、様々な思いが交錯しているようだ。翡翠色の瞳が潤んでいるように見えて、樹里はそっと視線を逸らした。

マーリンとランスロットはしばらくの間、石化したアーサーの前に立ち尽くしていた。それぞれ無言だったが、アーサーと語り合っているようにも感じられた。

「よく分かった」

マーリンはじっくりと棺を覗き込み、ようやく顔を上げた。その目には強い決意が宿っている。

「私はアーサー王を復活させるために、あらゆる手を尽くそう。——ランスロット卿」

マーリンはランスロットに向き直り、鋭い声を発した。ランスロットがマーリンに顔を向ける。

「ランスロット卿も誓ってくれぬか？　アーサー王を復活させるためなら、どんなことでもすると」

遺体安置所には静寂が広がっていたので、マーリンの声はよく響いた。樹里はマーリンのただならぬ様子に胸が騒いだ。マーリンが何故わざわざそんなことを誓わせるのか、分からなかったからだ。

「もとより、そのつもりでおります。アーサー王の復活のためなら、この身をなげうつことも惜しみません」

ランスロットは躊躇（ちゅうちょ）するそぶりも見せず、断言した。どうしてそんな大事なことを迷いもなく言えるのか、樹里には分からなかった。王と騎士とはそういう関係なのか。

（俺に聞かれたら、どうしよう）

樹里は冷や汗を搔いた。同じようにマーリンに聞かれたら、どう答えるべきなのか——。

だが、樹里のそんな迷いは不要だった。マーリンは樹里など眼中にない様子で杖を取り出して、棺に術をかけ始めたのだ。聞かれたら困っただろうが、少し肩透かしを食らった気もした。

マーリンは棺を簡単に開けられないように、術をかけ続けた。朗々とした歌声を響かせ、杖で棺をコンコンと叩く。金色の光の糸が棺に絡みついては、すっと消えていった。

「これでいい。簡単には開けられないだろう」

マーリンは杖を下ろすと、満足そうに頷いた。

「私以上の高位の魔術師にしか開けられないように、この部屋を閉じる。モルガンなら開けることはできるだろうが、モルガンはこの神殿には入れないからな」

マーリンはそう言って、樹里とランスロットを部屋から出し、扉に向かって再び術をかけ始めた。高らかな声で歌いながら扉に見たことのない不思議な紋様を描き始める。何者にも入られないよう、マーリンは以前よりもさらに強固な術をかけている。

「ランスロット……大丈夫か？」

扉を見つめるランスロットの姿が悄然（しょうぜん）としていて、樹里は声をかけずにはいられなかった。過去を悔やんでいるに違いない。王都に来てからランスロットの顔には陰りが見え始めていて、傍にいる樹里もつらかった。

「ご心配をおかけして申し訳ありません」

ランスロットは無理やり作った笑みを浮かべ、樹里に背中を向けた。

マーリンの術は長く続いた。終わった時には全身汗びっしょりで、ふらついたほどだ。ランスロットがマーリンの身体を支えると、意地で押しのける。

「ここはもういい。武器保管庫へ行こう」

マーリンは懐から水筒を取り出して言った。美味そうにごくごくと水を飲み干す。樹里たちは武器保管庫へ向かった。前を歩くランスロットは緊張しているようだ。

廊下を曲がり、西棟にある武器保管庫へ行った。いくつかある部屋の、一番奥の部屋にランスロットの妖精の剣が保管されているのだ。

「あった！」

樹里は奥の部屋の棚に、無造作に置かれていた二振りの剣を見つけた。一本は鞘や柄に美しい装飾が施された剣で、ランスロットがアーサーから拝領したものだ。もう一本は何の装飾もないシンプルな剣だ。市場で売っていたら誰も目に留めないような素朴な剣——それこそが妖精の剣だ。

「……」

ランスロットはアーサーからもらった剣をまず手に取り、刃を検分した。そしてそれを腰に下げると、大きく一息ついてから妖精の剣を手に取った。

「……抜きます」

ランスロットは小声で呟き、鞘から剣を抜こうとした。とたんにハッとしたように手を離した。

ランスロットは妖精の剣を凝視し、手に力を込めた。

「——駄目です」

ランスロットは整った顔に苦悶の表情を浮かべて、うなだれた。樹里は息を呑んだ。

──ランスロットは、剣を抜けなかったのだ。

樹里は動揺してマーリンを振り返った。マーリンが言っていた通りになってしまった。まさか本当に剣を抜けないなんて──。

ランスロットはぎゅっと目を閉じ、妖精の剣を握りしめた。落ち込むランスロットに、かける言葉がない。剣を抜けないということは、高潔さを失ってしまったということなのか。強さは失われていないと思うが……。

「ふん。予想通りだな。ランスロット卿が己を見失っていると証明された」

マーリンは意地悪く笑う。

「マーリン、人のこと言えんのか？」

ムッとして樹里が突っ込むと、マーリンの顔がくしゃっと歪む。さすがのマーリンも、少しは思うところがあるようだ。決まり悪そうに咳払いして笑みを引っ込める。

「……仕方ありません。事実は受け止めなくては。この妖精の剣は、次に妖精王にお会いした時に返上します」

ランスロットは抜けない剣を腰に下げ、悲しそうに言った。

「ま、待てよ。少ししたら抜けるかもしんないしさ。そう早まんないで」

諦め(あきら)が早すぎるランスロットに、樹里は慌てて首を振った。

「それより、ランスロットの身体にいる蛇のほうが問題だよ。妖精王が言ってたじゃん？　剣を抜けなかったら王墓へ行けって」

樹里は無理に明るく言った。妖精王の言葉を信じるなら、ランスロットの身体から蛇を追い出す方法は他にもある。妖精の剣が抜けないと判明した今、他の手立てを探さなければならない。妖精王の庇護がない王都では、一刻も早く蛇を追い出さないとランスロットは安眠できないのだ。

「王墓か……。よし、今から行ってみよう」

マーリンが歩きだす。樹里も黙り込んでいるランスロットの背中を押した。

問題は王墓に誰がいるかだ。そもそも妖精王はいつとは言わなかった。このまま王墓に行って誰かと会えるのだろうか。まさか誰かが来るまでずっと待たなくてはならないのでは――。

そこまで考えて、ふと王墓といえば死んだ人が眠っている場所だと気づいた。

（幽霊、とか言わねーよな……？）

幽霊がランスロットの身体に巣くう蛇を追い出せるとは思えないが、妖精王のことだ、人間ではない可能性もあるかもしれない。クロをサンの傍に置いてきたのは失敗だったかも。樹里はうまくいかなかった場合のことを考えると、歩みが遅くなった。

王墓は城の北側の小高い丘の上にある。代々の王や王妃を始め、王族が眠る場所で、アーサーの父親であるユーサー王も眠っている。

王墓は高い塀に囲まれ、正門は厳重に鍵がかけられている。墓には高価な装飾品なども埋葬されており、墓泥棒を防ぐために以前は衛兵も配備されていた。魔物がはびこるようになり王墓は放置されたが、鍵は壊されていないし、外観は以前と変わりがなかった。

「ここで誰と会うんだろう？」

樹里は辺りをきょろきょろして首をひねった。周囲を見回してみたが、人っ子一人いなかった。

とりあえず入ってみようと、リリィから借りてきた鍵を使って正門の扉を開けた。

王墓は小規模な学校の校庭二個分くらいの広さがあり、高い木々がぐるりと囲み、雑草で覆われている。小高い丘のてっぺんに代々の墓が並んでいて、本当ならそこにアーサーも加わるはずだった。

「あれは……」

正門を開けて中に踏み込んだマーリンが、目を細めて身構える。木々に阻まれて外からは分からなかったが、丘の上に誰かいた。風でマントが揺れているので、おそらく男性だろう。

「本当にいた！」

樹里はびっくりして声を上げた。妖精王が王墓に行けと言うから来てみたが、時刻も日付も決まっていなかったし、こんなに早く誰かに会えるとは思わなかったのだ。そうして考えてみると、妖精王は樹里たちがこのタイミングで王墓へ行くと予感していたのだろうか？

「早く行ってみようぜ！　あいつがきっとランスロットを助けてくれる人だ！」

樹里は嬉々（きき）として足を速めた。けれどマーリンは眉根を寄せると、樹里の腕を摑んで止める。

「待て、怪しい。慎重に行動しよう」

マーリンは真実を見極めるように目を細めている。ランスロットは丘の上にいる人間が誰か確かめようと、先頭に立って歩きだした。樹里は駆けていく気満々だったが、二人が止めるので仕方なく後ろについた。

丘を上がっていくと、徐々に男性の姿がはっきりと見えてきた。金色の髪をした長身の男だ。深緑色のマントを風になびかせ、腰に剣、そして大きな弓矢を背負っている。樹里たちが近づくのが分かったのだろう。五十メートルくらいの距離のところで振り返った。

（え――）

その顔を見て、樹里はどきりとしてしまった。

金色の髪に透き通った空のような瞳が見えて、アーサーがいるのかと錯覚してしまったのだ。だがすぐに間違いだと気づいた。顔立ちがぜんぜん違うし、アーサーよりもっと若い。金髪に青い目というだけでアーサーを思い出してしまった自分に悲しくなった。

「こんにちは」

樹里たちが近づくと、丘の上に立っていた金髪の若者がにこやかに手を振ってきた。近づくにつれ、若者の姿がはっきりと分かった。旅人のようななりをした二十代前半くらいの若者だ。さらさらの美しい金髪に、鼻筋の通った整った顔立ち、快活そうな笑みを浮かべている。身体はマントに隠れて見えないが、すらりとした、だが鍛えられた肢体を持っているのは分かった。

問題はこの若者――まるで見覚えがない。

「貴様は何者だ？　何故王墓にいる？　鍵がかかっていたはずだが」

マーリンは油断なく若者を見据え、詰問した。

「え？　鍵？　ああ、扉があったのか。向こうから来たから見えなくて、塀を飛び越えちゃった。ははは、よくそそっかしいって言われるんです」

若者は楽しそうに笑いながら言った。樹里はあんぐりして若者を見つめる。今、塀を飛び越えたと言ったか？　三メートルはあろうかという塀なのだが……。樹里と視線が合うと、若者はにっこり笑って手を差し出してきた。

「はじめまして、キャメロットの方？　俺の名はトリスタン。同盟国エストラーダの使者です」

トリスタンと名乗った青年は呆気にとられている樹里の手を勝手に握り、にこにこと自己紹介する。

（トリスタン――聞いたことある！）

樹里は『アーサー王物語』を思い出して目を見開いた。トリスタンは円卓の騎士の一人で、重要人物だ。トリスタンは微笑みを絶やさずにランスロットとマーリンの手を次々と握っていった。マーリンは鬱陶しそうに手を撥ね退ける。

「北の国、エストラーダの方ですか……？　何故ここに？」

ランスロットはトリスタンを頭から爪先までじっくり検分し、静かに尋ねた。北の国エストラーダはキャメロットと同盟を結んでいる。ユーサー王の時代から国交があって、貿易もしていた。

「キャメロット王国がどうなっているか、王直々に調査を命じられてね。以前は魔物がいて調査どころではなかったけど、いつの間にかいなくなったようだ。少しは復興しているということなのかな」

トリスタンは笑みを絶やさずに言う。マーリンは気になるそぶりで、そんなトリスタンを観察している。

「俺は運がいい。キャメロットの重要人物にすぐ会えるとは」

トリスタンは樹里たちを見回して、ウインクした。樹里が目を丸くしていると、トリスタンは順繰りに樹里たちを見つめていった。

「魔術師マーリン、騎士ランスロット、それに王妃樹里……でしょう？」

樹里たちはまだ何も教えていないのに、トリスタンはこちらの正体を見抜いていた。ランスロットとマーリンはともかく、よく自分の正体が分かったものだと樹里は驚いた。勘のいい青年だ。だがそうでなければ、王直々に調査してこいなどと命じられないだろう。

「そう警戒しないで。王からの親書もある。エストラーダの王はキャメロット王国が復興することを望んでいます」

トリスタンはそう言って荷物から巻物を取り出した。マーリンが巻物を広げてじっくり眺め、「本物だ」と呟く。

「お会いできて光栄です」

ランスロットはトリスタンに対する警戒をようやく解いた。マーリンはまだ油断なくトリスタンを見据えているが、悪い人間ではない気がして樹里は微笑んだ。

「キャメロットへようこそ。って言っても、まだこの国は大変な状況で……」

樹里は王墓を見回した。

「北の国境から入ってきたのか？」

マーリンは国境のほうを顎でしゃくって言った。国境は険しい山が連なる場所にあり、今は見張りは常駐していない。魔物がはびこりだした時点で門を閉ざしたものの、他国の者が入ろうと思えば誰でも入れる状態にあった。国境を守る兵すら捻出できなかったのだ。とはいえ、国境から王都への道は険しく、よほど体力に自信がある者でなければ山越えはできない。現に魔物がいるキャメロット王国に侵入しようとする者はこれまでほとんどいなかった。

「ええ。道中、話に聞く魔物にも遭わなかったけど、獣もあまりいなかったかな。それでも山では何度か見かけたけど」

トリスタンは山越えした時のことを思い出したように言う。

「歩いてきたらここが目に入ったんで、来てみたってところです。あなた方と早々に出会えるとは運がいい。もっとも俺は強運の星のもとに生まれたんだけどね」

トリスタンは樹里にウインクしながら陽気に言った。何だか憎めない奴だ。明るいし、好青年だし、他国の者と分かっていても親しみを感じる。

「ここは王墓です。使者ならここより先に城を訪ねるべきでは？」

マーリンはまだトリスタンを警戒していて、にこりともせずに告げる。

「いやいや、まずは確かめないと。――アーサー王がお亡くなりになったというのは本当なのか」

　ふっとトリスタンの目が光り、空のような青色だった瞳が碧色に見えて戸惑った。トリスタンの持つ雰囲気が陽気なものから強い剣士が持つ硬質なものに変わる。ランスロットが目を細め、トリスタンの腰の辺りを見据える。

「見たところアーサー王の墓はないね？　アーサー王がお亡くなりになったというのは間違いないのかな」

　トリスタンは立ち並ぶ墓を振り返り、屈託なくしゃべった。この世界にも十字架があり、それぞれの墓には大きな十字架が立てられている。墓碑銘には死者の名前と誰それの兄とか母とか書かれているので、アーサーの墓がないことは見れば分かる。樹里はどきりとしてマーリンを横目で見た。

　アーサーが復活すると分かった今、アーサーの墓は建てられない。対外的にはどうするのだろう。

「アーサー王はお亡くなりになりました」

　マーリンはよどみなく答えた。

「今のキャメロットはアーサー王に見合うだけの墓が建てられない状況なのです。ですから時間をかけて立派なものを、と考えています」

　如才なく答えるマーリンに、トリスタンは「ふーん」と一応は納得したようだった。他国の者にはアーサーの復活など教えられないということだろう。もしそのことが広まったら、他国からアーサーの遺体を狙われるかもしれないと用心しているのだ。

「騎士ランスロット卿がアーサー王に謀反したという話はデマか。でなければ宮廷の魔術師と王妃と共に行動しているわけがない。やれやれ、エストラーダには間違った情報がいくつも流れていたようだ」

トリスタンは改めてランスロットを見やり、微笑んだ。

「アーサー王を殺害したのは魔女モルガンです。今は生き残った民が、復興を計画しています。国王にはそうお伝え下さい」

マーリンはきっぱりと言い切った。さっさと国から出ていけと顔に書いてある。ちょっと待ってくれと樹里は咳払いした。

「ところでさぁ、その……、ほら」

樹里はランスロットの腕を肘で突いた。妖精王から聞かされた話をしろと暗に示したつもりだった。妖精王は王墓で出会った者にランスロットの身体の魔物退治を頼めと言った。まさか他国の者とは思わなかったが、まさしくこのトリスタンという男に違いない。早く聞けと樹里は目配せした。

「……」

ランスロットはトリスタンを見やり、沈黙している。マーリンも何も言わない。どうして二人とも何も言わないのだとイライラし、仕方なく樹里は身を乗り出した。

「えっと、トリスタンさん？　突然で申し訳ないんだけど」

「トリスタンでけっこう」

じりじり迫ってきた樹里を面白そうに眺め、トリスタンがにこりと笑う。

「じゃ、トリスタン。あのさぁ、魔物を退治できる技とか薬とか、持ってないかな?」

いきなりこんなことを聞かれたら戸惑うだろうなと思いつつも、樹里は思い切って尋ねてみた。マーリンもランスロットも旅人であるトリスタンがそんなものを持っているはずがないと思い込んでいるようだが、妖精王が告げた人物なのだ。何かすごいものを隠し持っているに違いない。

「魔物を退治……?」

トリスタンは不可解そうに、首をかしげた。

「何かお困りなことでも? 事情が分かれば、力になれるかもしれないけど」

樹里は困ってランスロットをちらりと見た。見知らぬ人に話して大丈夫なのか。とはいえ妖精王の示した相手だ。間違いはないはずと決意し、話し始めた。

「えっと魔女モルガンに蛇を身体に入れられた人がいてね、妖精王にどうしたらいいか聞いたら、ここで出会う人に頼めって言われてさ」

隣にいるランスロットのことだとは言えず、樹里はごまかしつつ話した。トリスタンはなるほどと頷き、やおら持っていた荷物を漁り始めた。

「確かここに……ああ、これだ。この薬草を煎じて飲ませるといいですよ。この薬草は我が国に伝わる特殊なもので、魔物を鎮めることができます」

麻袋からラベンダーに似た植物を取り出してトリスタンが言う。樹里はそれを凝視した。妖精王の言った通り、本当にこれでランスロットを助けられるのか。退治できれば最高だが、鎮めるだけでも十分だ。

「助かる！　本当にありが――」

トリスタンの差し出す薬草を受け取ろうとして、樹里の手は空を切った。トリスタンは、樹里が摑む前にそれを引っ込めてしまったのだ。

「お待ちを。これはとってもとっても、それはものすごーく貴重な薬草なんで。ただではあげられませんよ。薬草を差し上げる代わりに、しばらくあなた方と行動を共にさせてくれませんか？キャメロットの現状も分かるし、お役に立てることが他にもあるかもしれない」

トリスタンは堂々と取引を持ちかけてきた。樹里はマーリンを窺（うかが）った。マーリンはうさん臭いものを見るような目つきだ。

「今エストラーダに攻め入られたら、我が国はおしまいだ。断る」

マーリンは鼻を鳴らして腕を組む。もう敬語を使うのはやめたようだ。アーサーが生きていた頃と違い、今この国は無防備な状態だ。他国の者がキャメロット王国を調べ上げたら、危険な状況に陥（おちい）る可能性があると踏んだのだろう。

「エストラーダには戦争をする気はないですよ。北の国境を軍隊で越えるのは大変ですしね」

トリスタンはにやりと笑って薬草を揺らす。

「断っても構わないけど、そうなれば俺は勝手にこの国を見て回るだけです。それよりは俺を監視しておいたほうがいいんじゃないかな？」

トリスタンはマーリンとの会話を楽しむように笑っている。トリスタンの言う通り、ここまで来れたのだ。トリスタンは勝手に国内を歩き回れる。キャメロット王国の人間には他国に行けない魔術がかけられているが、他国の者がこの国に入ってきても死ぬことはない。

「む……」

マーリンは面白くなさそうにトリスタンを睨みつける。

「マーリン、トリスタンの言う通りだよ。同じことだったら、薬草もらったほうがいいじゃん。そうすりゃランスロットも……あっ」

つい口を滑らせてしまい、トリスタンが目を丸くしてランスロットを見つめる。

「もしや魔物に困っているのは……ランスロット卿？」

しまった。ばれてしまった。樹里が上目遣いで謝ると、ランスロットが苦笑した。

「マーリン殿、私にはこの方が悪い方には見えません」

そう言うとランスロットはトリスタンに向き直る。

「トリスタン殿、私は夜な夜な私の中で暴れる魔物に困り果てているのです。その薬草を分けていただけませんか？　あなたの身柄は私が保証しましょう」

ランスロットに手を差し出され、トリスタンは躊躇なくその手を握り返した。

「交渉成立。では、これからしばらくよろしく。堅苦しいの苦手なんで、気楽なしゃべり方に変えるよ？」

トリスタンは爽やかな笑顔で言った。エストラーダは寒い国だとアーサーから聞いたことがあるが、トリスタンはどちらかというと南のラテン系の国の人間に見えた。

とりあえず薬草を飲ませてランスロットの状態がよくなるかどうかを見極めたい。急く気持ちを抑え、樹里は王墓を後にした。


神殿に戻ると、サンとクロが真っ先に出迎えてくれた。サンは突然現れたトリスタンに目を丸くしている。クロはトリスタンの身体に鼻を押しつけ、じっくり匂いを嗅いだ挙げ句に、ころりと腹を見せて前脚をちょいちょいと動かした。

「これはクロの遊んでポーズ……ッ、トリスタン、気に入られたみたいだ」

樹里はびっくりしながら言った。

「これが神獣か。やぁ、可愛い可愛い、はははは」

トリスタンは何がおかしいのか大声で笑いながら、クロの腹を撫でている。クロに馴れたこの国の人間はともかく、こんな大きな獣を前にして平然としているトリスタンに脱帽した。度胸がある。

「樹里様、ランスロット卿、マーリン殿」

マーハウスとユーウエィンも駆けつけてきて、トリスタンと会った。二人ともエストラーダの親書を確認し、トリスタンに礼儀正しく挨拶している。

「というわけで、トリスタンから薬草をもらったから。これでよくなるといいんだけど」

ランスロットからは言いづらいだろうと、樹里が代わりに状況を説明した。マーハウスもユーウエィンもランスロットが妖精の剣を抜けなかったと知り、がっくりしている。

「私は薬草を煎じてこよう」

マーリンはランスロットから薬草を受け取り、王宮にある自室に去っていった。

すでに日は暮れ始め、食事の用意ができたとリリィが知らせに来た。リリィたちにもトリスタンを紹介し、夕餉を共にした。

マーリンが薬草を煎じ終えたのは、辺りがすっかり闇に包まれた頃だった。樹里たちは地下にあるマーリンの部屋に集まった。

「見たことのない植物だったが、何という名前だ？」

薬缶に湯を注ぎ、マーリンは部屋の隅に立っていたトリスタンに尋ねた。トリスタンは顎を撫でながら「正式な名前は知らない。俺はハッシュって呼んでるけど」と答える。

「う……」

寝台に座っていたランスロットが急に苦しみ始めた。見ると首の辺りに蛇が蠢いている。ランスロットは脂汗を流し、苦しげに首を掻きむしった。トリスタンがハッとしたように近づいてきた。

「なるほど、これが魔女モルガンの術……」

トリスタンは目を凝らすようにして、ランスロットの首を這い回る蛇を見ている。

「飲め」

マーリンは煎じた薬を椀に注ぎ、ランスロットに手渡した。ランスロットは口元に椀を持っていく。樹里はハラハラしながら見守った。

ランスロットの咽を薬湯が嚥下する。するとしだいに蛇の動きが弱まり、苦痛を訴えるランスロットの声が消えていく。首を這っていた蛇は——ぴたりと止まって動かなくなった。

「不思議です……苦痛が消えました」

ランスロットは目を瞠り、残りの薬湯を飲み干した。

「おお……、素晴らしい、あなたのおかげです！」

マーハウスが歓喜の笑みを浮かべてトリスタンを抱きしめる。

「妖精王の言った通りになったな。ありがとう、客人殿」

ユーウェインもトリスタンの肩を抱き、何度も礼を言う。樹里もほーっと息を吐き、安心した。

「よかったな、ランスロット。これで痛みから解放されてゆっくり眠れる」

野営している間、ランスロットは弱音を吐くことなく一人で痛みに耐えていた。それを知っているので樹里も嬉しかった。

「その薬草は魔物を眠りに誘う効力がある。おそらくランスロット卿の中にいる魔物は眠っているんだろう。薬がある限り魔物が暴れることはないだろうけど、根本的な解決とはいかないよ？」

トリスタンは真面目な顔つきになってランスロットに言う。

「分かっています」

ランスロットは深く頷くと、トリスタンに微笑んだ。薬が効いている間に、どうにか妖精の剣を抜くことができたら――。ランスロットと目が合い、お互いに同じことを考えていると分かる。

とにもかくにも夜はゆっくり休めるだけで今は十分だった。

「ランスロット卿、この瓶に薬を入れておく。一週間くらいは保つだろう。朝と晩に飲め」

マーリンは冷ました薬湯を瓶に注いで手渡す。

夜も更けたので樹里たちはそれぞれの部屋へ戻った。ラフランから移動したのもあって、さすがに疲れている。横を歩いているクロも大きなあくびをしている。ランスロットは騎士宿舎に戻り、樹里はトリスタンを神殿の客間に案内した。

「トリスタンのおかげで助かったよ」

樹里は感謝の気持ちを込めて、トリスタンを見つめた。トリスタンは何故か不思議そうな顔で樹里を見やる。

「今夜は、一人で眠るおつもりで？」

子どもみたいにあどけない顔で聞かれ、樹里は目が点になった。

「え？　っていやクロといつも一緒に寝てるけど？」

まるで一人で眠るわけがないだろうと言わんばかりの態度で聞かれ、意味が分からなくて戸惑っていると、トリスタンが首をかしげる。

「失礼。てっきりランスロット卿とそういう仲なのかと……あれ、そういうことに関して俺の勘は外れないんだけどなぁ」

トリスタンはしきりに首をひねっている。樹里は耳まで赤くなった。

「な、何を言って……、俺とランスロットはそういう関係じゃないから！」

赤くなった後にどっと冷や汗が出てきて、強い口調で否定してしまった。今日会ったばかりのトリスタンにすら分かるくらい、自分たちは何か発していたのだろうか。

「ふーん？　ランスロット卿のあなたを見る目つきとあなたの態度でそうだとばかり……失礼。ランスロット卿が次期国王になるかもしれないと報告するところだった」

トリスタンは悪びれた様子もなく笑っている。樹里は何を言っていいか分からず、へどもどしながらトリスタンを部屋に押し込んだ。

何だかいろいろあって大変な一日だった。早く部屋に戻って休もう。

樹里はトリスタンとの会話を頭から追い出し、石造りの廊下を急いだ。

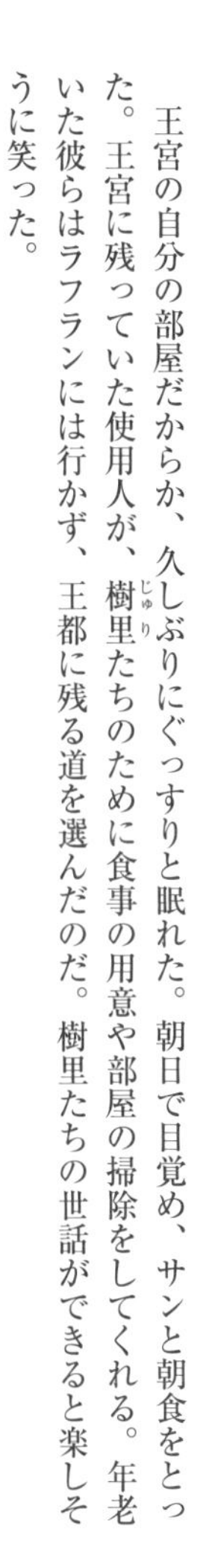

4 ケルト族の侵攻

Celtic Invasion

王宮の自分の部屋だからか、久しぶりにぐっすりと眠れた。朝日で目覚め、サンと朝食をとった。王宮に残っていた使用人が、樹里(じゅり)たちのために食事の用意や部屋の掃除をしてくれる。年老いた彼らはラフランには行かず、王都に残る道を選んだのだ。樹里たちの世話ができると楽しそうに笑った。

朝食の後、技師たちは王都の水質を調べに出かけた。川や井戸、下水の水がどれほど汚染されているか調べるためだ。良い報告を聞けるとよいのだが。

階段を下りて広間に向かうと、渋い顔のマーリンと陽気なトリスタンが現れた。

「おはよう」

トリスタンは朝からにこにこして楽しそうだった。朝食が美味かったと話しながら、樹里にくっついてくる。剣も弓も部屋に置いてあるのか、身軽な格好だ。

「こいつを何とかしろ。妙に懐(なつ)いて気持ち悪い」

マーリンは樹里に小声で文句を言う。トリスタンは日が昇った頃からマーリンの部屋に居座り、魔術や薬草、果てはマーリンの私生活についてまで質問攻めにしていたらしい。

「魔術に関する知識は相当あるようだが」

マーリンはちらりとトリスタンを見て呟く。その表情からすると、トリスタンをある程度は認めているようだ。珍しい。

「何だか煙たがられて」

トリスタンは邪気のない顔で言う。ただでさえ人嫌いのマーリンだ。ぐいぐい迫ってくるトリスタンに苛立ったに違いない。恐れを知らないなぁと樹里は感心した。

「樹里様、おはようございます。トリスタン殿、昨夜はあなたのおかげで熟睡できました。改めてお礼を申し上げる」

ランスロットは広間に入ってくるなり、目を輝かせてトリスタンに礼を言った。睡眠がいかに大事か、ランスロットを見れば分かる。活力が漲り、声にも肌にも張りがある。

「お役に立ててよかった。さて、今日は何を？」

トリスタンはマーハウスとユーウエィンがやってきたのを見て、目を輝かせる。

「何で貴様が仕切るんだ。よそ者はおとなしく隅にいろ」

マーリンはトリスタンを冷たく一瞥する。トリスタンに対する態度がぞんざいになっていることから、いかに距離が縮んだかが伝わってきた。

「我々は宰相殿からの頼まれごとをこなします。昼時に食堂で落ち合いましょう」

マーハウスとユーウエィンはそう言って広間を出ていった。

「我々は公共施設の状態を調べよう。樹里、お前はサンと神獣を伴って南地区を、ランスロット卿は東地区、私は西地区を見て回る。それに……西の塔も」

マーリンはちらりとトリスタンを見る。西の塔ということは、幽閉しているモルドレッドの様子を見てくるという意味だ。他国のトリスタンに王族を幽閉している話は聞かせたくないのだろう。

「貴様はどうするつもりだ？　言っておくが私にはついてくるなよ。鬱陶しくするなら親書なぞ燃やしてもよいのだ」

マーリンは顎をしゃくってトリスタンに聞く。

「それはご勘弁を。俺はランスロット卿についていこうかな」

トリスタンはわざとらしく首をすくめて言う。ランスロットは戸惑ったようだが、すぐに頷いた。

「では、昼食の時に」

マーリンの言葉を合図に、それぞれ行動を開始した。樹里はサンと共にクロの背中に乗り、南地区にある学校や市民の広場を見て回った。学校は寺子屋みたいな小さなものと、専門的に天文学や歴史を学ぶしっかりした造りの学校がある。どちらもところどころ汚れたり崩れたりしている。けれど堅固な石造りの建物だからか、少し手を加えればまだ十分使えそうだった。

「修復可能……と」

サンは木の板に建物の状況をナイフでがりがりと書き込んでいる。

南地区を見て回ると、以前いた頃よりだいぶ緑が回復していた。最後に見た時は草木も絶えたと思ったが、着実に土地が蘇り始めている。

「水の問題さえクリアできればなぁ」

樹里は井戸を覗き込んで、ため息をこぼした。モルガンのもたらした黒い雨が王都の水源を破壊してしまった。黒い雨は土を汚染し、実った作物も腐らせた。樹里は作物を育てたことがないので分からないが、同じ土を使って作物を育てても大丈夫なのだろうか。

「樹里様、そろそろ城に戻りましょう」

サンは木の板を麻袋にしまい、顔を上げた。そろそろ昼時だ。クロのおかげで調べるべき公共の建物はすべて見て回れた。

城に戻ると、食堂に集まり、報告を兼ねて食事をすることになった。無論、トリスタンには遠慮してもらった。

「街の井戸の水質を検査したところ、まだ飲み水に適さないことが分かりました。川はだいぶ綺麗になっているようです。こちらは飲んでも大丈夫でしょう。井戸は新たに掘るほうが手っ取り早いくらいです」

技師のジークが顔を曇らせて報告する。井戸水が使えないと街で暮らす人々は川から水を運ばなければならないので重労働になる。とはいえ川の水が綺麗になったことは喜ばしかった。モルガンの魔術でダメージを受けたが、時間の流れと共に浄化されたのだろう。

「建物に関しては、石造りの建物は再利用可能なものが多いですね。木造建築は軒並み破壊されております。民への補助金なども考えねばならないでしょうね」

ランスロットは自分が受け持った地区の建物に関して述べた。南地区と大体同じような感じらしい。マーハウスとユーウェインは貴族の屋敷や畑が荒されていたことを明かし、魔物だけでなく市民の中にも火事場泥棒を働いた奴がいたに違いないと嘆いた。

「西の塔に行ってみたが……」

マーリンは声を潜めて切り出した。モルドレッドは魔物が王都にはびこっていた間も塔に幽閉されていた。皇太后のイグレーヌが出してほしいと頼んだが、誰も首を縦に振らなかった。

「残念ながらモルドレッド王子は元気だった。出せ出せとうるさかったが、幸いにも奴を助ける愚か者はいなかったようだ。奴は引き続き塔に幽閉すべきと考える。王族とはいえ、先王を殺害しアーサー王と対立した男だ。万が一にも他国に担ぎ上げられたら目も当てられない」

マーリンの意見には皆賛成のようで、静かに頷いている。

「午後は、それぞれ行動を」

マーリンがそう告げ、午後は自由行動になった。樹里はリリィに請われ、神殿での職務に励んだ。大神官も樹里も王都に不在の今、神殿でのさまざまな行事はすべてリリィがこなしていた。それでも大神官か神の子にしかできない仕事もあり、樹里は日が暮れるまでそれに没頭した。

夕食は神殿でリリィや残った神兵と共にした。残った者同士支え合っていることが彼らから伝わってきて、温かな気持ちになる。王都を出た時は残った者を案じたが、彼らに心配など不要であったようだ。

「樹里様、もう休みますか？」

夜も更けた頃サンに聞かれ、樹里は少し考えた後に、アーサーの部屋へ行くと言った。

「何だか今夜はアーサーのベッドで寝たい気分だ。サンはここで寝ていいよ」

樹里がそう告げると、サンはほんの少し目を伏せて、こくりと頷いた。

樹里は王妃の間の隣にある王の間に寝間着姿で入った。クロは当然のように樹里についてくる。

（わ……）

アーサーの部屋に入ったとたん、締めつけられるように胸が痛む。棺（ひつぎ）の中のアーサーを見た時には何も感じなかったのに、今は驚くほど動揺していた。勝手に涙が出てくるし、身体は震えるし、咽（のど）がひりひりする。

（そっか……ここへ入るの……アーサーが死んで以来、初めて、だ）

樹里は今さらながらにそのことに気づき、唇を噛んだ。

アーサーの残り香と存在感がそこかしこにあった。ベッドで横たわるアーサーや、従者に武具をつけさせているアーサー、窓から外を眺めるアーサー、数々の思い出が一気に蘇る。

「アーサー……」

涙がぽろぽろこぼれてくる。あの幸せだった日々はもう戻ってこないと思うと、泣けて泣けて仕方なかった。ベッドに横になると、懐かしいアーサーの匂いがしていっそうやりきれなくなる。もう泣くのはやめようと思っていたのに、無理だった。

「クソぉ、アーサーの野郎……、俺をいつまで泣かせるんだ……」

アーサーの枕を涙で濡らしながら樹里は毒づいた。クロはのっそりと樹里の横に大きな身体を押し込んできて、濡れた頬を長い舌で舐め回す。慰めてくれているのだろう。

（アーサー……）

天井を見上げ、樹里はアーサーの明るい笑顔を思い浮かべた。

（アーサー、俺がランスロットに抱かれたと知ったら怒るかな）

アーサーは鬼のように怒るに違いない。ふとそんなことを思って、樹里は苦笑した。樹里がふつうにしていても、男に色目を使ったとか何とかうるさかったのだ。斬り殺されかねない。

（でもお前が悪いんだぞ。お前が死んじまうから）

アーサーのことだから、たとえ自分が死んでも操を立てろと言うに違いない。樹里は心の中でアーサーに文句を言い、少し笑った。

（樹里……）

アーサーの力強い腕と優しい響きを放つ声が頭の中で響き、樹里はぎゅっと敷布を掴んだ。

もし目の前にアーサーがいたら、何を言うか分かってしまった。アーサーなら『子どもを頼む』と言うだろう。アーサーは王として何を為すべきか常に考えていた。第一王子として生まれ、即位するまで、そして即位した後もキャメロット王国に心を傾けていた。

（俺は……逃げ出したくて、そればかり……）

アーサーと自分の立場は違うと、樹里は母のもとに帰ることしか考えていなかった。王妃をやめ、この国を離れ、自由になろうとやっきになっていた。けれど久しぶりに王都に来て、荒れ果てた街を見て回り、気持ちに変化が生じた。

アーサーが守ろうとしたこの国を守ることが自分の務めかもしれない。ひいては自分の子どもを育てることが課せられた使命なのではないか。

(子ども……、俺の子なのに、何で人任せにしようとしたんだろ)

樹里はベッドから起き上がり、窓の木扉を開けて夜空を眺めた。皆が子どもについて議論する中、樹里は実感が湧かずに何の意見も言わなかった。アーサーから託された命だったのに、自分が守らなければならない命だったのに。

(俺、馬鹿だ。逃げてたんだ)

自分がどれだけ後ろ向きになっていたか気づき、樹里は苦笑した。魔物のことやランスロットのことがあって、現実と向き合えずにいた。一番大事なことから逃げようとしていたなんて、愚かだった。

(俺は——俺がやるべきことは——)

ふと下を見やると、中庭にランスロットの姿があった。ランスロットはベンチに座り、ぼんやりと薔薇(ばら)を見つめている。無性にランスロットにこの気持ちを話したくなり、樹里は寝ぼけ眼(ねぼけまなこ)のクロをベッドから引き摺り下ろすと、その背中に乗った。クロに中庭へ向かってくれと囁(ささや)く。クロはしゃきっとした様子になり、風のような速さで廊下を駆けた。

「樹里様?」

中庭にクロと共に駆け込むと、驚いたようにランスロットが立ち上がる。樹里はクロから飛び降り、ランスロットに近づいた。もう寝ようと思っていたから、裸足(はだし)だったのを今頃思い出す。

「ランスロット、ごめん」

樹里は強い口調でランスロットの言葉を遮った。樹里に手を差し出そうとしたランスロットが驚いた様子で動きを止める。

「自分のいた場所に帰ろうとしたのは間違いだった。俺はここに残るよ」

樹里はきっぱりと言った。樹里が母のもとに帰ろうとした際、ランスロットはひどく怒った。逃げようとした樹里に憤った気持ちが今なら分かる。

「樹里様……」

ランスロットが複雑な思いを宿した瞳で、じっと樹里を見つめる。

「謝っておきたくて。ラフラン湖から勝手に帰るような真似はもう絶対しない。俺……、アーサーがすごく好きだったんだ。だからアーサーの子どもを立派に育てるまでは、この国で生きる」

樹里が強い決意を秘めて言うと、ランスロットの顔が引き締まる。樹里は自分の気持ちをどう伝えればいいか分からず、手を握ったり開いたりした。

「ランスロット、お前にもそれを頼みたい。アーサーの子を……お前も助けてやってくれ。成長を見守ってほしい。この国を……」

樹里がもどかしげに言葉を募ると、ランスロットがすっと跪いた。ランスロットは樹里の手を取り、真摯な眼差しで見上げる。

「私にできることなら、何でもいたしましょう。樹里様、あなたを守ることと御子を守ることは同義です。私は――」

「俺がお前の想いに応えられなくてもか？」

樹里は挑むようにランスロットに問いかけた。ランスロットの目が大きく開かれ、一瞬苦しげに息を吐き出した。

「……そうです。たとえあなたの心が私のものにならなくとも、私はキャメロットの騎士として、忠誠を誓います。あなたへの想いは終生変わらないと。あなたの御子にも同様に、忠誠を誓います」

ランスロットは震える声で言った。その眼差しには樹里への愛が込められていたが、騎士としての思いがそれを上回ると身体では伝えていた。ランスロットの身体に光が宿ったような気がして、樹里は頬を紅潮させた。

ランスロットは妖精の剣を抜けなかった。騎士としての本分より、樹里に対する執着が勝ってしまっていたからだろう。ランスロットが妖精の剣を抜けるようにするためには、ランスロットの気持ちに今は応えては駄目なんだと樹里は悟った。この半端な自分の気持ちでランスロットと接することが、ランスロットをおかしくしていた。ランスロットが愛に溺れるようでは、高潔な騎士にはなれない。

「ランスロット、俺は子どもをこの手で育てる。他の皆が反対しても、必ずそうする。そして次期キャメロットの国王の座に就かせる。俺と子どもを必ず守ってくれ。何の見返りもなく――お前にできるか？」

樹里は一段声を低くして言った。

冷えた夜風が頬を嬲り、寝間着の裾を揺らした。ランスロットはサッと青ざめ、唇を震わせた。察しのいいランスロットは樹里が心を閉ざしたことに気づいた。今までと違い、扉を固く閉めたのを理解したのだ。

「樹里様……」

ランスロットは苦しそうに樹里の名を呼んだ。

ランスロットは好きだし、大切に思っているが、堕落するような恋愛関係に陥ってはいけない。ランスロットはキャメロット一の騎士でなければならないのだ。妖精の剣を抜ける、特別な剣士——そのためには心を鬼にして、ランスロットに命じなければならない。

「返事が欲しい」

残酷だと分かっていても、樹里は重ねて言った。

ランスロットは切なげにまつげを震わせ、吐息を漏らした。

「騎士として二言はありません。私はあなたと御子に忠誠を誓います。いついかなる時も、この身を捨ててあなたに尽くすと」

ランスロットの瞳は揺れているが、その声や身体には力が戻りつつあった。

「頼んだぞ」

樹里はそう言うなり、クロに跨った。何か言いかけたランスロットの言葉は聞かず、立ち去る。

胸が痛むのはランスロットを傷つけたからだろうか？　目が潤んでいるのはアーサーのことを

思い出しているからだろうか？　これでよかったんだと自分に言い聞かせ、樹里はクロにしがみついた。

翌日も昨日と同じように街の状況を調べに行った。細かいところまで調べ上げ、昼の鐘を聞いたら、サンとクロと城に戻る。

昨夜はランスロットの忠誠を試すようなことを言ってしまい、今朝は会うのが少し怖かった。ランスロットは他の人の手前もあるかもしれないが、いつもと変わらないそぶりで樹里に接してくれた。そういう大人なところはすごいと樹里は感心する。

（マーリンには子どもを自分で育てたいと話しておきたいな）

昨夜、衝動的に決意したことだが、一夜明けて、やはりそれが自分のすべき使命だと確信した。このまま逃げたら後悔するに決まっている。他の誰よりもマーリンにはこの決意を明かし、協力してもらいたいと思った。マーリンはアーサーの子がこの時代に生まれるのを賛成してくれるだろうか？　もし反対されたら説き伏せるつもりだ。

（昼食の後、マーリンに話してみよう）

ラフランに戻れば再び子どもをどうするかの会議が行われるだろう。そこでマーリンに賛同してもらえたら――埒も なくそう考えながら樹里は歩いていた。

「樹里様、心ここにあらずですね。昨夜、ランスロット様と何かあったんですか？」

城への道の途中、サンから探りを入れられてどきりとした。サンにも話そうかと思ったが、サンは樹里が元の世界に戻ろうとしたことを知らないので説明が難しい。

どう言おうかと悩んでいると、ふいに甲高い鳥の声が頭上から聞こえた。空を見上げると、城を目指して羽ばたいている白い鳥を見つけた。

「あれ、マーリンの鳥じゃないか？」

以前も空を飛んでいるのを見たことがあるが、今日は様子が変だった。一直線に城を目指しているのだ。

「何かあったのかも」

樹里は嫌な予感がして、クロに飛び乗った。サンも慌てて樹里の後ろに跨る。クロは飛ぶように石畳の道を走った。

「何ということだ！」

広間に飛び込むと、ランスロットとマーリン、マーハウス、ユーウエィンがすでに顔を揃えていた。皆ただならぬ様子で激昂（げっこう）している。

「何があった⁉」

樹里はクロから飛び降りて大声で尋ねた。

「ラフラン領にケルト族が侵攻してきたのだ」

マーリンが顔を歪ませて吐き捨てる。マーリンの肩には白い鳥が乗っていた。

ケルト族の侵攻——樹里は言葉を失った。ケルト族の村にはジュリがいる。恐怖でケルト族を支配しているのをユーウエィンが調べていた。そのケルト族がラフラン領に侵攻してきたなんて——……。

「すぐにラフラン領に戻りましょう」

ランスロットは眉を顰めて告げた。マーハウスとユーウエィンも同じ気持ちで頷く。

「無論のこと。一時間後に吊り橋の前に集合だ。技師たちはここに残って引き続き調査を」

マーリンも即座に決意し、指示した。遅れて現れた技師のジークとランドルフは焦ったそぶりで「分かりました」と答えた。

「二日分の食料と水を用意してくれ。人数分」

マーリンは使用人に命じ、慌ただしく部屋を出ようとした。すると、トリスタンが皆の前に出てきて「あの」と言葉を挟んだ。

「俺も一緒に行きます」

よく通る声でトリスタンが宣言し、マーリンが呆れたような顔で振り返った。

「何を言っている？　客人はこのままここに残れ」

マーリンはトリスタンを睨みつけて言った。

「いえいえ。ラフラン領も見ておきたいし。ケルト族が攻めてきたんだろ？　俺も闘うよ。俺、強いんで戦力になるよ」

あっけらかんとトリスタンが言い、マーハウスとユーウエィンがぽかんとする。

「馬鹿も休み休み言え。何で他国の人間が……」

マーリンは呆れて言葉も出ないようだ。

「トリスタン殿、我が国の諍いに他国の方を巻き込むわけにはまいりません。あなたのお気持ちは嬉しいが……」

ランスロットが静かに諭す。

「俺のことはご心配なく。ラフラン領には妖精王がいるとか。一度会ってみたいしね。あ、馬が必要かな。ちょっと探してこよう」

トリスタンは呑気な口ぶりで言うなり、広間から出ていった。本気でラフランについてくるつもりなのだろうか。馬を探すといっても、王都に残っている馬は限られている。若い馬はほとんどラフランに連れていったので、残っている馬は老いた馬か農耕馬のみだ。

「あいつは放っておけ。馬が見つかるわけがない」

マーリンは吐き捨てるように言った。トリスタンのことは気になるが、樹里たちも急いで出かける支度をしなければならない。まさかこんなにすぐ戻るとは思っていなかったので、広げた荷物を慌ててまとめた。

必要なものだけまとめて、一時間後に吊り橋の前に集まった。来る時は馬車だったが、帰りは樹里はクロの背に乗って移動するつもりだ。サンはランスロットの馬に乗せてもらっている。

「間に合った」

いざ、出発という頃合いにトリスタンが馬に乗って現れた。真っ白な筋肉質の馬に乗って。背中には弓を、腰には剣を下げ、ばっちり支度も調っている。

「え、その馬どうしたの？」

樹里はあんぐり口を開けて尋ねた。こんな馬、どこにいたんだろう。まだ若そうだし、競走馬みたいに引き締まった肉づきだ。

「えーと、野生の馬？　ちょっと交渉して、俺の馬になってもらうことに」

ちょっと交渉とはどういう意味だろう？　まさか馬と？

「野生の馬が生き残っていたのか。うわ、いい馬だなぁ」

マーハウスは驚きながら白馬の身体を撫でようとする。すると白馬はそれを厭（いと）うように後ろ脚でマーハウスの手を蹴り上げた。まるで汚い手で触るなと言っているようだ。

「本当についてくるつもりか」

マーリンは苛立ちを隠さずにトリスタンを見やる。

「マーリン殿、一刻の猶予もありません。瑣末（さまつ）なことはひとまずおいて、出発しましょう」

ランスロットははやる気持ちを抑え、促した。領主であるランスロットは自分の土地がケルト族に攻められていると知り、居ても立ってもいられないのだ。マーリンが渋る中、ランスロットの掛け声で樹里たちは王都を発った。

樹里はクロの背に乗りながら横目でトリスタンを見やった。トリスタンは馬の扱いにも慣れていて、軽やかに駆けている。野生馬が初めて会った人間を乗せて楽しそうに駆けるなんて聞いたことがないが、どうなっているのだろう。

「さすが神獣は速いな！」

トリスタンは樹里の視線に気づき、走りながら声をかけてきた。トリスタンを乗せている白馬はクロと横並びで走っている。馬は本能的に肉食獣を嫌う。ふつうの馬なら嫌がって離れていくものだ。けれどトリスタンを乗せた白馬はクロを気にする様子もなく堂々と走っている。

「なぁ、その馬、ふつうじゃなくない？」

樹里は気になって声を上げた。トリスタンはにやりと笑った。何だかこの男、只者(ただもの)ではない気がする。

いろいろ聞きたいが、今は一刻も早く帰らなければならない。ケルト族は戦闘部族だからラフランにいる皆が心配だ。樹里たちが王都に出発したタイミングで襲ってくるなんて、ひょっとして情報が漏れていたのだろうか。

無事でいてくれと願いながら、樹里はクロの身体にしがみついた。


行きと違い、日暮れ時にはラフラン領との境にある川の下流に着いた。馬は走り続けたせいで、疲労している。川沿いで火を熾(おこ)し、野営することになった。馬に水と草を与え、リリィの作ってくれたサンドイッチを頬張った。挟んであるポテトが美味しい。火を囲んで樹里とマーリン、ランスロット、ユーウェインとマーハウス、サンが額を突き合わせていた。トリスタンは少し離れた木に登って、太い枝に身体を預けている。

「ラフランの状況はどうでしょうか」

ランスロットは落ち着かない様子でマーリンに尋ねた。マーリンは鳥を通じて受け取った伝書を見て、顔を曇らせる。

「ケルト族は今日、城の近くまで迫り、兵と騎士団と小競り合いをして撤退したそうだ。城の弓矢隊が彼らを追い払ったと言っている。死者三名、負傷者十五名」

マーリンは無表情で語る。死者が出てしまったのか。

「……」

ランスロットはうつむき加減で火を見つめている。火の爆(は)ぜる音が夜の静寂と相まって、しんみりした空気を醸し出した。

「くそぉ、何で突然ケルト族が攻めてくるんだ！」

マーハウスは怒りを抑えきれないように怒鳴った。サンがびくっとして肩を震わせる。ユーウエィンは顰(しか)め面(つら)でマーハウスの背中を叩いた。

「ここでカリカリしても仕方ないだろう。サン殿、もうお休み下さい」

ユーウエィンに促されて、サンはおとなしく枯れ葉の寝床を作り、クロと寄り添って横になる。

「伝書によると、ジュリは現れなかったらしい。ジュリは以前妖精王によって妨害されたから、妖精王の出現を恐れたのかもしれない」

マーリンは白い鳥の脚に伝書をくくりつけ、再び空に飛ばす。

「ケルト族が攻めてきたのも、ジュリの指示でしょうか？」

　ユーウェインは眉根を寄せて、確認するように皆の顔を見渡す。

「そうとしか考えられない。普通に考えて、ケルト族がわざわざあんな遠くから闘いを挑みに来るとは思えない。ジュリの命令——ひいてはモルガンの思惑があってのことだろう」

　マーリンは手を組み合わせ、目を細めた。マーリンの頭の中ではいろいろな考えが渦巻いているに違いない。樹里も嫌な想像に胸を痛めた。再びモルガンが現れ、魔物を放ち水源を破壊していったら……。

　ジュリは何故ラフランを攻めたのだろう。樹里たちがいない時を見計らったのだろうか？　偶然にしてはできすぎていて、嫌な予感しかしない。

「王都が壊滅状態の今、モルガンにしてみればラフランを破壊すればキャメロットを手に入れたも同然……と考えたのかもしれない」

　マーリンの言葉は、ずしりと重かった。確かに生き残った人々は、安全なラフラン領に集まっている。仮にラフラン領にもいられなくなったら、復興どころではない。

「妖精王はケルト族を追い払ってはくれないんですかね」

　マーハウスは枯れ枝を火に放り投げて言った。

「妖精王はラフラン領を血で汚されるのを嫌う。妖精が棲めなくなるからだとおっしゃっていた。だが本来、人間同士の闘いには関与しない方だ。以前、闘いを止めてくれた時は、ジュリが現れた時だった……」

ランスロットは遠くを見やりながら呟いた。かつて樹里が処刑されそうになってラフランに逃げた時、ジュリに従い王都から派遣された騎士団とランスロットの領民の間で闘いになったことがあった。その時はジュリが領民を殺戮しだすまで、妖精王は手を出さなかった。

「最悪の場合、明日はすぐに剣を振るうことになりそうですね」

ユーウェインは武器の手入れをしながら言った。そうだ、と樹里は腰を上げ、木の上で寝ているトリスタンに近づいた。

「トリスタン、ケルト族について知っているのか？　戦闘部族で、一人一人がすごい強いらしいんだけど」

樹里もケルト族と直接会ったことはないのでまた聞き程度の情報しかないのだが、闘いに参加すると言っているトリスタンにも話しておきたかった。他国の使者のトリスタンが怪我でもしたら、外交問題になりそうで怖い。

「ご心配なく、俺の敵じゃない」

木の上からトリスタンは臆した様子もなく言う。やけに自信満々だが、本当に大丈夫だろうか。

「ともかく気をつけてくれよ？」

しつこく言うのもよくないと思い、樹里は背中を向けた。明日は日の出と共に出発する。もう寝ようと毛布を被ってサンの隣に寝転がった。サンはクロの背中に顔を埋めて寝息を立てている。

明日、何が起こるか分からないが、ラフランの人々にこれ以上負傷者が出ないのを祈るのみだった。

日が昇ると樹里たちは馬を走らせた。

最後尾にクロがいるせいか、馬たちは急き立てられるように脚を進めた。太陽が真上に差しかかる頃、遠くに城の一部が見えた。同時に煙が立ち上っているのも確認できた。ラフラン領の境に位置する小屋に立つ兵が、樹里たちに気づいて武具を鳴らしながら駆け寄ってくる。

「ランスロット卿！　お待ちしておりました！　ケルト族が城に攻め入ったと報告がきております！」

若い兵は声高に報告する。ランスロットは馬に乗せていたサンを兵に預けると、「ただちに参る」と宣言する。

「樹里様は、安全が確認されるまでここでお待ち下さい」

ランスロットは興奮する馬の手綱を引きながら言った。

「冗談。俺も行くよ。俺の治癒力が必要だろ」

樹里は目を吊り上げてクロの首を撫でた。ランスロットは反論しようと口を開いたが、マーリンが「そいつは必要だ」と告げたので口を閉じる。

ランスロットを先頭に、マーリン、ユーウエィン、マーハウス、樹里、そしてトリスタンが一丸となって走りだす。城に近づくにつれ、黒い煙が風にたなびいているのがはっきりと見えた。

徐々に人々の怒声、叫び声、剣がぶつかる音が聞こえてくる。

ケルト族と騎士が剣を交えているのが肉眼で確認できたとたん、ランスロットが力強く弓を引き絞った。次の瞬間、ケルト族の胸に矢が突き刺さっていた。

「ランスロット様！」

「ランスロット卿！」

ランスロットの登場にラフラン領の兵や騎士団が一気に沸いた。兵の高揚を受け、ランスロットは剣を抜き、戦闘の真ん中に愛馬ごと飛び込んだ。

（あれがケルト族――）

樹里は息を呑んで闘いの場と距離を保った。浅黒い肌に強靭（きょうじん）な肉体を備えたケルト族の男たちが、大きな剣を振り回している。ドレッドヘアや複雑に編み込んだ髪に、獣の皮や極彩色の布を身につけている。銀色の甲冑（かっちゅう）の騎士たちとまるで異なり、一目で敵味方が区別できる。

ケルト族は五十名ほどだった。騎士団や領地の兵はその三倍はいたが、ケルト族の男たちの動きが速すぎて翻弄（ほんろう）されていた。しかも毒針を吹いている者がいるらしく、剣を振る前に倒れていく者がいる。

「我が領地に踏み入ったことを後悔させてやろう！」

ランスロットは斬りつけたケルト族の男をそのままふっ飛ばして、高らかに叫んだ。ケルト族にもランスロットが強敵であることはすぐに分かったのだろう。数人がかりでランスロットを囲み、剣を叩きつけようとする。

「ぎゃああ！」

矢が空気を裂く音がしたと思うと、気づいたらランスロットを囲んでいた二人が背中に矢を打たれて地面に倒れ込んだ。振り返るとトリスタンがいて、二本の矢を弓につがえている。トリスタンは同時に二本の矢を放ち、それぞれ敵の急所に当てた。

「なかなかやるな」

マーリンは杖を構えながら、ちらりとトリスタンを見やって笑った。マーリンは少し離れた場所から歌声を響かせる。するとケルト族の周辺で突風が起こり、弓矢を構えていた男たちが飛ばされる。

「騎士団を舐めるなよ！」

マーハウスは嬉々として二振りの剣を振り回し、ユーウエィンは襲いかかってきたケルト族の若者の剣をひらりひらりと躱す。

たった五人加わっただけなのに、戦闘は終息に向かっていた。ランスロットはアーサーからもらった剣を目にも留まらぬスピードで突き出す。ケルト族が次々と倒れていく中、その中央にいた男が指笛を鳴らした。

「撤退しろ！」

男はケルト族の中心人物なのだろう。青い目で精悍な顔つきをしており、そう叫ぶなり瞬時に身を翻した。ケルト族が次々と撤退していく中、樹里は傷ついた兵を助けようとクロと共に駆け寄った。

「ランスロット卿、追いますか⁉」

ユーウェインがランスロットに問いかける。ランスロットは倒れている兵を見やり、眉根を寄せた。

「いや、今は負傷者を助けるほうが先決だ」

マーリンが鳥を使い、逃げていくケルト族を追う。その時、城から青ざめたショーンが駆けてくるのが見えた。

「ショーン！」

ショーンの肩から血が流れているのを見て、樹里は支えに走った。ショーンは樹里が抱きとめると、ぐったりして身を任せる。

「ランスロット様……大……変、です」

ショーンは浅い息を吐き、ランスロットを目で探す。樹里は急いで涙を落として、ショーンの怪我を治す。樹里の涙が落ちると、ショーンの裂けた肉がみるみるうちに回復していく。

「ショーン、大丈夫か？」

ランスロットが馬から下りて駆け寄ってくる。

「ランスロット様……、申し訳ありません、ケルト族の奴らにグィネヴィア姫を攫われてしまいました……」

ショーンは気丈にも立ち上がって伝えようとした。けれど、いくら樹里の涙で怪我が治っても、流した血までは戻らない。ショーンは貧血を起こして、ふらふらしている。

「なんと……」

ショーンの話を聞いていたマーハウスが、絶句する。

グィネヴィアが攫われた――樹里も言葉を失ってショーンの青い顔を見やった。

「この侵攻はそのためか」

いつの間にか背後にいたマーリンが、舌打ちして煙を上げている城を見上げる。ランスロットがいない間、城を守っていたランスロットの叔父に当たるホリーが、よろめきながら出てきた。

ホリーはランスロットに気づき、情けない顔でうなだれる。

「ランスロット、すまない。戦闘のどさくさにまぎれて、ケルト族が城に侵入してきたのだ。奴らはグィネヴィア姫を見つけると、壁掛けに火をつけて連れ去ってしまった……」

ホリーは戦闘に参加できる肉体は持たない。だから城で待機していた。そこに三人のケルト族が現れ、侍女や城の者を容赦なく斬り殺し、グィネヴィアを捕まえると、風のように去っていったという。

「なんということだ。すぐさま追わねば」

ランスロットは再び馬に跨った。

「ユーウエィン、マーハウス、この場を頼む。私は姫を取り返しに行く」

ランスロットは傍にいたユーウエィンとマーハウスにこの場を任せると、周囲の者が止めるのも聞かずにケルト族が去った方向へ馬を走らせた。ランスロット一人で行かせるわけにはいかないとユーウエィンがその後を追った。マーハウスは負傷した兵をまとめ、無事な兵たちに指示を出している。

「グィネヴィア姫をどうするつもりなのだ」

マーリンは爪を噛みながら独り言をこぼした。樹里はクロに乗ると、ランスロットを追いかけた。するとトリスタンが背後から追いつき、馬上から顔を突き出してくる。

「追うのは危険では?」

トリスタンは樹里と並走しながら言う。

「分かってるけど……っ」

胸騒ぎがする。グィネヴィアはもちろんだが、この戦闘の場にジュリがいなかったことが気にかかっていた。役に立たないと分かっていても追いかけずにはいられなかった。

「待て、私も行く」

マーリンも馬で追いかけてきた。マーリンの顔つきも険しい。マーリンもジュリの存在が気になっているのだろう。

荒くれものたちに攫われたグィネヴィアは、ひどく心細い思いをしているに違いない。いくら気が強くてもお姫様だ。早く取り戻さないと、と樹里は前方を見据えた。

5　ケルト族の叫び

Celtic Screams

前日雨が降ったのか、道はぬかるんでいた。おかげでケルト族が逃げた方向が馬の足跡で分かった。マーリンは白い鳥を口笛で呼び、肩に乗せると、何か呪文を発して再び空へ鳥を放った。鳥は上空で大きく円を描き、翼を羽ばたかせる。

「速度を上げるぞ」

マーリンは鳥を追いながら言った。鳥は上空からケルト族の一団を見つけたらしく、迷いなく飛んでいる。全速力で走りだしていくらか経った頃、ランスロットとユーウエィンの姿を発見した。ランスロットは足跡を確認しながら走っているので、スピードが落ちており、そのおかげで追いつくことができた。

「ランスロット！」

後続に気づいたランスロットが振り返り、気づいたように空を見上げる。ランスロットも鳥がケルト族を追っていると分かったのだろう。

ランスロットと合流し、樹里(じゅり)たちは道を駆けた。鳥はやがて道を逸れ、森に入っていった。ケルト族は道ではなく、森を突っ切って逃げようとしているらしい。

「まずいな……。ラフラン領を出てしまう」

マーリンは顔を顰めた。

「その前に捕まえねばなりません」

ランスロットも険しい表情で前を見た。ラフラン領を出る前にグィネヴィアを取り戻せるのだろうか。樹里はハラハラした。

「いたぞ！」

マーリンが前方にケルト族の一団を見つけて叫んだ。森の木々の隙間を縫って、馬を走らせる一団がいた。獣の皮を被った男たちだ。目を凝らしてみたが、グィネヴィアがどこにいるのか分からなかった。

「追手だ！」

最後尾を走るケルト族の男が樹里たちに気づき、仲間に合図する。樹里はてっきりケルト族が馬の脚を止め、攻撃を仕掛けてくると思った。何故なら追いかけているのは樹里たち五名だけで、明らかに兵力に差があったからだ。

けれど、ケルト族は樹里たちに構うことなくひたすら馬を進めている。まるで逃げるほうが先決とばかりに。

「クソ、ラフラン領を出てしまった」

マーリンは舌打ちをした。ケルト族は森を抜け、馬で川を渡ろうとしている。川といっても深さは膝くらいまでで、川幅もたいしたことはない。だが川の向こうはラフラン領ではない。つまり――ジュリがいつ現れてもおかしくない。

マーリンは馬に乗ったまま杖を取り出した。ケルト族とは距離があり、全力で馬を走らせているため魔術は困難だった。マーリンは馬の速度を弛めると、川に向かって歌い始めた。

「何だ⁉」

「水が！」

川を渡ろうとしていたケルト族の男たちが右往左往する。川の水が噴水のように高く噴き上がっていた。大きな飛沫（ひまつ）に馬が驚いて前脚を上げる。ちょっとしたドッキリだったが、馬を乱すのには役立った。

「黒い馬に女性が！」

トリスタンが叫ぶ。トリスタンは一番先にグィネヴィアを見つけた。先頭を走っていた男の背にぐったりした様子の女性が縄で縛りつけられている。意識がないのか、長い髪が乱れていた。

「姫を奪われてなるものか！」

ランスロットは川でまごつくケルト族との距離を縮めた。

ケルト族は川を渡りきると、そのまま去っていくものと思った。ところが川の先の茂みの辺りで急に馬が脚を止めた。その止まり方が化け物にでも出会ったかのような異様な感じで、樹里はハッとした。

「ジュリだ！」

茂みの陰から一人の細身の少年が現れ、樹里は叫んだ。遠くからでもすぐに分かった。自分と同じ顔、同じ身体を持った、悪魔のような少年――ジュリがケルト族の行く手に立ち塞がるように立っていた。左の腕がないのは、アーサーがエクスカリバーで斬り落としたせいだ。

「気をつけろ！　何か術を使っている！」

川に飛び込んだランスロットに、マーリンが大声で叫ぶ。ランスロットは構わず剣を右手に、ケルト族に突っ込んでいった。

その時だ。前方にいたケルト族の男たちが、次々と悲鳴を上げて馬上で身体をくねらせ、救いを求めるように空に手を伸ばす。男たちの苦痛を訴える声と叫びに、樹里は思わず身を引いた。クロも危険を察知したかのように急ブレーキを踏む。

「さぁ、あいつらを殺せ！」

ジュリの甲高い声が響いた。とたんにケルト族の男たちはくるりと馬の方向を変えた。そして剣を手にランスロットに飛びかかる。

「ランスロット！」

樹里はランスロットの名を呼んだ。ランスロットはそれに応(こた)えるかのように、剣を大きく振り、襲いかかってきた男たちを一刀両断にした。数人の男の腕や腹が斬られ、ケルト族は距離を空けるものと思われた。けれどケルト族は腕や腹を斬られても、まるで痛みなど感じないかの如く再びランスロットに剣を振り下ろしてきた。

「こいつら、何だ⁉」

ランスロットに加勢しながら、ユーウェインが不気味そうに怒鳴る。

「様子がおかしい！　援護する！」

マーリンは川の途中で馬を止め、杖をランスロットに向けた。杖の先をくるくる回し、何か歌っている。金色の光が杖から一直線にランスロットに放たれ、その身を守るように包み始めた。

ランスロットはグィネヴィアを助けようと、間を置かず飛びかかってくるケルト族を剣で薙ぎ払った。そうしているうちにグィネヴィアを乗せた馬は彼方へと去っていく。このままではまずいと樹里がクロと共に走りだそうとすると、遠くにいたジュリと目が合った。ジュリはにやりと不穏な笑みを浮かべ、樹里を指差した。

「あいつも殺せ！」

ジュリが叫ぶや否や、ランスロットに群がっていたケルト族の男たちが悪鬼のように樹里に迫ってきた。その顔を見て分かった。彼らの目は焦点が合っておらず、何かに操られるように動いていることを。

「トリスタン！」

ランスロットが剣を振りながら怒鳴る。ランスロットは敵に囲まれていて、樹里を助けることができないのだ。

「任せろ」

振り下ろされる剣を避けようとした樹里の前に、トリスタンがひらりと身体を入れてくる。ケルト族の男の剣はトリスタンの剣で遮られ、長い脚で体勢を崩された。

「操られているのか、これは厄介だ」

トリスタンは樹里を守りながら、剣で男の胸を突き刺し、顔を顰めた。ケルト族の男たちは刺されても斬られても平然と向かってくる。どんな術かは知らないが、残酷な術だというのは分かった。彼らは操り人形のように樹里に襲いかかるが、人間であることには変わりない。意識を取り戻した時、自分の身体が瀕死の状態だと知るのだ。

「わぁっ」

樹里は体勢を崩して、クロの背から川に落ちた。頭上で剣がぶつかる音がする。トリスタンは水に足をとられながらも、ケルト族の男たちの急所を狙い、次々と倒していく。優雅、という表現はこの場にそぐわないかもしれないが、トリスタンの剣さばきはよどみなく流れるような動きで華麗だった。この男、自分で言うだけあって本当に強い。

「何をしている！　この愚図どもが！」

ジュリは膠着状態（こうちゃくじょうたい）になったことに腹を立て、地団駄を踏んだ。

「もういい、僕がやる！」

ジュリは目をぎらつかせ、樹里を見据えた。その口から呪文が流れ出し、樹里はハッとしてクロの頭を抱えた。ジュリの術に操られてクロがおかしくなるのを防ぎたかったのだ。

「う、ぐ……っ」

クロを抱え込みながら、樹里は身体を震わせた。突然見えない力で首を絞められたのだ。息ができなくなり、苦しくてもがく。

「まずい」

マーリンが杖の方向を樹里に変える。柔らかい金色の光に身体が包まれると、息苦しさが薄れた。首を押さえながらランスロットを見ると、マーリンの援護がなくなったランスロットが、四方から剣を突き出されているのが目に入った。

このままではやられる。

樹里は痛烈にそれを感じ、目を見開いた。この場を打開できる何か――そう考えた瞬間、樹里は力を振り絞って声を上げた。

「ランスロット!! 妖精の剣を抜け！」

樹里の声が届くなり、ランスロットは驚いたように振り返る。その瞳に躊躇を感じ、樹里はもう一度叫んだ。

「抜け！」

樹里の声にランスロットが雄叫びを上げる。

「おおおおお！」

ランスロットは己を奮い立たせるように周りの男たちを剣で振り払った。そして、妖精の剣に手をかける。

――王宮でランスロットは妖精の剣を抜けなかった。けれど、領民やキャメロットの民を守るために全力でケルト族に挑んでいること、グィネヴィアを助けに走ったこと、何よりも一昨日の夜、樹里に誓った言葉はランスロットの騎士としての高潔さを物語っていた。樹里はランスロットを信じた。

――ランスロットは力を込めて妖精の剣を抜き取った。剣から輝く光があふれ、ランスロットを亡き者にしようと群がっていたケルト族の男たちがその光にたじろぐ。

「この剣は妖精王から賜りしもの、何人も近づけぬ」

ランスロットは両手で剣をしっかりと握りしめ、剣で大きく風を切った。するとケルト族の男たちが次々とその光と風に当てられたように吹っ飛んでいく。

「クソ、邪魔しやがって……っ」

ジュリがこめかみを引き攣らせる。分が悪いと感じたのだろう。ジュリは身を翻して去っていった。

「すごい剣だ」

トリスタンは剣の突風で倒れた男たちを見て感嘆した。妖精の剣の光と風は、ケルト族の意識を呪縛から解放する役目も担ったらしい。地面に倒れた男たちがよろめきながら起き上がると、慌てたそぶりで馬に跨り逃げようとする。

「グィネヴィア姫はどうした⁉」

マーリンが辺りを見回して苛立ちの声を上げる。

「とっくに連れ去られた……」

川から上がった樹里が悔しげに呟くと、マーリンが手近の男を捕まえようとする。

「人質は一番強い奴を」

怪我をしているケルト族を拘束しようとしていたマーリンに、トリスタンが明るく言う。トリスタンは川の中に手を突っ込み、手のひらに収まるくらいの石を掴んだ。

「我の名――において命ずる」

トリスタンが石に囁くのが聞こえ、樹里は目を丸くした。トリスタンが握った石に光が宿ったのだ。トリスタンは馬で逃げようとする男たちの中で、灰色がかった獣の皮を被っている男に向かって石を投げた。かなりの距離があったし、どれほど肩が強くても届くはずがないと樹里は思った。

ところが石は一直線に男の後頭部に当たった。マーリンが唖然として口を開ける。男は落馬し、数メートル先を行った男たちが、焦ったそぶりで戻ろうとする。トリスタンが察した通り、男はケルト族の中で重要な地位にあるのだろう。だが彼らが馬で戻ってくる前に、落ちていた蔓草が男の身体をぐるぐるに縛り上げる。マーリンが魔術で男の身体を拘束したのだ。

「仕方ない！　行くぞ！」

ランスロットが捕らえた男の前に立ちはだかると、ケルト族の男たちは忌々しげに吐き捨て、逃げていった。樹里はクロに跨り、ランスロットのもとに走った。

「ランスロット、無事か⁉」

樹里は大声で問いかけた。

「私は大丈夫です。それよりも樹里様のお怪我は？」

ランスロットに鋭い視線で見つめられ、樹里は胸を撫で下ろした。切り傷はいくつもあったが、ランスロットは重傷ではなかった。甲冑をつけていなかったので心配だったが、杞憂だったようだ。キャメロット王国一の剣士に勝る者はいなかったらしい。

「トリスタンが守ってくれたから大丈夫だよ。あいつマジで強い」

樹里は駆け寄ってきたトリスタンをあらためて眺めた。剣の腕もさることながら――。

「貴様、魔術を使えるのか？」

マーリンが目を細めて、トリスタンに問う。

そうなのだ。あの石に込めた力――あれは魔術だろう。以前、マーリンはモルガンの血を引いている者しか魔術は使えないと言った。まさか他国の使者が魔術を使うとは思いもしなかった。エストラーダには魔術師がいるのか。

「ええまぁ。あなたほどではないけど」

トリスタンはしれっと答える。

「どこで習った？　エストラーダには魔術師は多いのか？　魔術を使えるということは、特殊な生まれなのか？」

マーリンは矢継ぎ早にトリスタンに質問する。トリスタンはまともに答える気はないようで、肩をすくめて「それより、お姫様が連れていかれちゃいましたけど」と樹里を見た。

「まずいよな……何を企んでいるんだろう」

樹里は肩を落として言った。結局グィネヴィアを取り戻せなかった。

「仕方ない。人質交換を申し出るしかない」

マーリンは捕らえた男の顔を眺めて言う。草むらの上や川にはケルト族の遺体が転がっている。

妖精の剣で意識を取り戻した男たちは、起き上がれないほどの重傷者ばかりで、呻き声に胸が痛む。

「こいつら、どうするんだ？」

人質にした男はともかく、瀕死状態のケルト族を見捨てていくわけにもいかない。治療していいなら樹里が涙で治すが、治ったとたん襲いかかられても困る。

「う……」

マーリンの足元に転がっていたケルト族の男が目を覚ました。唸り声を上げながら薄く目を開け、大きく首を振る。浅黒い肌に青い目をした印象的な男だ。複雑に編み込んだ長い黒髪、引き締まった肉体、精悍な顔立ち——闘いの場を指揮していたのはこの男だった気がする。

ケルト族の男は自分が拘束されていることに気づくと、暴れだした。押さえつけようとして目が合い、男の目に憎悪の炎が燃える。

「悪魔め……!!」

憎々しげに吐き出され、樹里は怯んで身を引いた。面食らったが、自分とジュリを混同しているのだとすぐに分かった。

「俺はあいつじゃない。同じ顔をしているけど……」

樹里が抗議するように言うと、男が眉根を寄せて睨みつけてきた。

「貴様、名前は」

ランスロットが進み出て男に問いかける。男が抵抗して暴れると、男の首を掴んで地面に叩きつけた。ランスロットに片方の腕で押さえ込まれ、男が悔しそうに歯軋りする。

「ケルト語しか分からないのか？　そんなはずはあるまい、下っ端ならともかく、上の奴らはキャメロットの言葉が分かるはずだ」

ランスロットに再度名前を聞かれ、男は唾を吐きかけた。ランスロットは顔色一つ変えずにそれを見やり、男の首を絞め上げる。弱き者には優しいランスロットだが、敵には容赦がなく、男が苦しげに痙攣する。

「待ってくれよ、ランスロット。俺がやる。——あのさぁ、あんたたちケルト族がジュリの奴に服従させられているのは分かってるんだ。俺たちはジュリと敵対している。あんたたちが何でグィネヴィアを攫ったのか教えてくれないか？　もし教えてくれたら、怪我をしているあんたの仲間、助けるからさ」

ランスロットに交渉を任せると男を痛めつけそうだったので、樹里が代わりに男と話した。男は憎々しげに樹里を睨み、「俺を騙そうとしているのか、悪魔め」と呟いた。

「騙そうとなんてしてないってば。俺は奴じゃない。左腕があるだろ？　なぁ、本当に早く協力してくれないとあいつら死んじゃうぞ」

樹里は苦痛に呻く男たちを振り返り、切実な声を上げた。敵とはいえ、目の前で死にそうになっている者に良心が痛む。

「……貴様、本当に奴とは別人か？」

男はいぶかしげに問う。

「あいつなら去っていったのを見ただろ？　俺はあいつじゃない。あんたの名前を教えてくれ」

樹里が真剣に迫ると、男が視線を地面に落とした。身体を拘束している蔓草は簡単には解けないと分かったのだろう。ため息を一つこぼすと答え始めた。

「俺の名はグリグロワ。あの姫を攫った理由は知らない。そんなことはあの悪魔に聞け」

男はグリグロワというらしい。樹里はランスロットやマーリンと視線を交わすと、倒れている男たちに近づいた。グリグロワたちはジュリの命令に従っているだけだ。これ以上苦しめても意味はない。

「貴様、何を……？」

樹里は大怪我を負ったケルト族の若者に顔を近づけた。裂けた肉や血だらけの姿を見れば、自然と涙はこぼれ落ちる。樹里の涙が若者の身体に落ちると、みるみるうちに怪我が治っていく。

樹里がまだ息のある男たちを治療していくと、辺りに響いていた苦痛の声が聞こえなくなった。

「貴様は……何者だ⁉　本当にあの悪魔ではないのか……、どうして敵である俺たちを助ける？しかもその力……」

グリグロワは樹里が瀕死の男たちを助けたことが理解できないようだった。当然だろう。だが、戸惑いつつも、それまで全身から発していた敵意を消した。

「どういうことだ……」

グリグロワは顔を強張らせて樹里たちを見やる。治療をしたとはいえ、重傷だったため皆すぐには起き上がれなかった。流した血の量が多すぎたのだ。

「一番回復している者に、交渉を頼むしかない」

マーリンはぐったりしている男たちの中から、まともに歩けそうな男を見繕うと引き摺ってきた。まだ十代半ばくらいの少年だ。腹に深い傷を負っていたが、今は衣服が破れている以外に怪我は見当たらない。

「グリグロワ、こいつにケルト族のもとへ戻り、グィネヴィアとお前を交換するから明日の正午、ここに人質を連れてくるよう言え」

マーリンに促され、グリグロワはケルト語で少年に説明した。少年は驚きに目を見開きながらも、こくりと頷いた。マーリンは少年に馬を与える。少年を乗せた馬がケルト族が去っていった方向に消えると、樹里たちは顔を見合わせた。

「本当に明日、現れるでしょうか」

ランスロットは心配そうに言った。グリグロワはケルト族でも地位のある男だろうが、ジュリがそれを拒否したら人質交換は成立しない。

ジュリがグィネヴィアを攫った理由が分からない以上、樹里たちは明日人質交換がされると信じて待つしかない。

「ひとまず、城に戻りましょう」

ランスロットはケルト族の男たちを縄で縛りながら言った。明日の人質交換で彼らも返すことにする。この場にはケルト族の遺体が残っていたが、今はそれに対処する時間も気力もなく、放置するしかなかった。

樹里たちは人質を馬に乗せると城に向かった。王都から猛スピードでラフランに戻り、すぐに戦闘だ。樹里も疲れ果てていたが、ランスロットやマーリン、ユーウェイン、トリスタンの疲労はかなりのものだろう。今は咽(のど)を潤す水と、休めるベッドが欲しかった。


城に戻った樹里は、騒然とした空気にすぐに気づいた。

城を出てからまだ数時間しか経っていないのに、戦闘があった場所に異様な光景が広がっていたのだ。一面汚泥だらけで、異臭が鼻についた。先ほどまで怪我をした兵やケルト族の戦死者が転がっていたはずだ。けれど今、ケルト族の遺体は一体もなく、かわりに汚泥と異臭が漂っていた。

「樹里様、ランスロット卿！　マーリン殿！　ご無事でしたか⁉」

何が起きたか分からず戸惑っていると、マーハウスが駆け寄ってきた。ひどい傷を負っている。マーハウスは右目の瞼(まぶた)を斬られたらしく、左目しか開いていなかった。他の兵士もぼろぼろだ。

「何があった？」

マーリンは我慢できないとばかりに鼻を押さえた。何かが腐ったようなすえた臭いに吐きそうだった。樹里よりもにおいに敏感なクロは一撃でやられ、草むらでえずいている。

「それが、死んだはずのケルト族の遺体が起き上がり、襲いかかってきたのです。なんとも恐ろしい光景でした。奴らは何度斬られても平然としていて……」

マーハウスが身震いしながら言った。

「悪鬼のようでした。応戦しましたが、突いても斬っても意味がなく、我々の仲間が次々倒れてゆき……そこへ突然、妖精王が現れ、我々を救ってくれたのです」

マーハウスが感涙している。

妖精王が助けに来てくれたのか。樹里はどこかにその姿がないかと辺りを見回した。

「妖精王が放った光でケルト族の悪鬼は力を失いました。しかし同時に泥のように溶けて、このような有り様に……。妖精王は『地が穢れた』と呟かれると、あっという間に消えられました」

マーハウスの話によると、妖精王は不快そうだったという。この異臭、樹里たちにもダメージだが、妖精王にはもっときついのだろう。トリスタンも悪臭に弱いらしく、クロと同じくらい遠ざかっている。それにしてもジュリの魔術だろうか。どうなっているのだろう。ふと見ると、汚泥の辺りに這い回る蜘蛛を見つけた。

(あれは――)

樹里は嫌な記憶が頭を過ぎって、真っ青になった。

「あの蜘蛛を殺せ!」

樹里は大声で怒鳴った。周囲にいた人が驚いて樹里を振り返る。樹里は泥を這う蜘蛛を指差した。

「これはモルガンの術だ! この蜘蛛を殺さないとまた死者が蘇ってしまう!」

樹里が必死になって叫ぶと、ユーウェインとマーハウスも思い出したのか顔を強張らせた。以前モルガンの城からランスロットを取り戻した際、樹里たちは何度もゾンビのような犬や馬に襲われた。あの魔物たちも斬っても突いても変わらず襲ってきた。核となる蜘蛛を殺さない限り、何度でも蘇るのだ。

「大変だ！」

マーハウスは汚泥を這い回る蜘蛛を片っ端から潰し始める。他の者も慌ててそれに倣う。汚泥を探りながら一匹も残っていないことを確認した頃には、皆どろどろに汚れていた。樹里は手の空いた騎士に、川岸に放置しているケルト族の遺体についても調べるよう頼んだ。

「蜘蛛……」

樹里たちが奮闘している間、グリグロワは何か考え込むようにじっと虚空を見つめる。

「ところでその人質は？　姫はどうされましたか？」

一段落して、馬に乗せられているグリグロワに気づき、マーハウスは顔を曇らせた。グィネヴィアを取り戻せなかったことは一目瞭然だった。

「後で話す。それよりも汚れを落とし、戦況の報告を」

ランスロットは異臭に顔を歪めながらも、てきぱきと残った者を集め、指示し始める。宰相のダンや大神官たちは城の地下に隠れているらしく、無事が確認できた。

「お疲れでしょうが、早急に会議を」

ダンは主だった面子を部屋に集めて、会議を始めた。負傷した兵は広間で横になり、使用人や領民が看護に当たっている。トリスタンもその手助けをしていた。見たことのない青年に領民は戸惑っていたので、エストラーダの使者だと樹里が説明した。妖精王が現れた際に負傷した兵士の怪我を治してくれていたから、長く戦闘の場に残った者ほど元気になっているという不思議な現象が起きていた。

まず、ダンがケルト族が現れた時の話を始めた。彼らは昼間、突然武器を片手に馬で攻めてきたという。見張りは近くに来るまでケルト族の存在に気づかなかった。ケルト族はラフラン領の人々に襲いかかり、慌てふためいた領民は城へ逃げ込んだ。すぐに騎士や衛兵が応戦したが、ケルト族は三十分も剣を交えると撤退したという。

今日は襲撃三日目で、城外でケルト族と兵が小競り合いをしていると、いつの間にか城の中にケルト族がいて、グィネヴィアの部屋に押し入り、彼女を攫って逃げたそうだ。

「最初からグィネヴィア姫が狙いだったのかもしれません。一体どこから入ったのか……」

ダンは沈痛な面持ちで告げる。

「もしかしたら用水路かもしれません。城の地下に外と通じる場所があります。城の外での攻防は陽動だったのかも……」

ランスロットは考え込んだ末に言った。

「姫を追いましたが、すんでのところで逃げられました……。代わりに人質を捕らえましたが」

ランスロットは追いかけた先で起きた出来事を、その場にいた皆に聞かせた。ジュリが指揮していたと知った隊長や有力貴族は恐ろしげに身体を震わせた。

「人質交換に応じてくれるとよいのですが……。そもそも何故グィネヴィア姫を？」

　ダンは理解できないとばかりに白い顎鬚（あごひげ）を撫でた。

「ジュリのことだ。何かに利用するつもりだろう。明日、姫を取り戻せたとしても、以前の姫とは別人になっている可能性があることも考慮したほうがいい」

　マーリンの辛らつな意見に樹里はうなだれた。ランスロットのことを思い出したのだ。ランスロットも別人のようになって樹里やアーサーに襲いかかった。ちらりとランスロットを見ると、同じように思い出しているのか目を閉じて黙り込んでいる。

「明日、我々で交渉の場に臨（のぞ）む。それまでケルト族の者たちを厳重に見張っておいてほしい。こっそり城に忍び込むような奴らだ。逃げられたら敵わない」

　マーリンは兵にそう伝えると、今度は王都の話を始めた。アーサー王の身体は保管してあること、王都の現状、そしてトリスタンについて語る。

「エストラーダの使者か……。厄介ですな。あまり我が国の状況を知られたくないのだが」

　ダンは渋い表情で目を閉じる。

「でもずいぶん助けられたよ。ランスロットも、俺たちも」

　闘いの場でトリスタンに幾度も守られたことを話すと、騎士たちの間で戸惑うような視線が交差した。

「奴は放っておいていいでしょう。今は他国と問題を起こすわけにはいきません。とりあえず報告は以上です」

マーリンがそう締めくくると、それぞれ疲れたように席を立っていった。樹里は疲れてもう眠りたかったが、マーリンに言われてランスロットと共に地下牢へ向かった。マーリンはグリグロワと話がしたいと言うのだ。

(子どものこと……今は言える雰囲気じゃないな)

石造りの階段を下りながらため息をこぼすと、ランスロットが気遣うように背中を撫でた。

「樹里様、大丈夫ですか?」

ランスロットのほうがよほど疲れているはずなのだが、おくびにも出さない。

「大丈夫。でも早く休みたいかも」

そういえばサンを領地の境の小屋に置いてきた。誰かに迎えに行かせなければ。

地下牢は湿気の多い陰気な場所で、どこからかぽたぽたと水滴の落ちる音が聞こえる。牢には鉄格子がはめられ、出入り口はしゃがまないと入れない小さな扉があるのみだ。ケルト族たちはそれぞれ別々に牢に入れられていた。全部で五名。傷は樹里が治したものの具合が悪いのだろう。グリグロワ以外は横たわっていた。

「よく聞け、ケルト族の者たちよ」

マーリンがケルト語で彼らに呼びかける。グリグロワは目をぎらぎらと光らせてマーリンや樹里を見据える。他のケルト族たちも、マーリンの声でのろのろと身体を起こした。

「お前ら、あの悪魔のような男に村から出ていってほしいのだろう?」

マーリンが何を言いだすか分からず、樹里は不安なままマーリンとケルト族を交互に見やった。

「……あいつは突然村に現れた災厄だ。村の女子どもを人質にとって、俺たちに服従を強いている」

グリグロワが怒りをはらんだ声で答える。その全身から怒りの炎が立ち上っていて、どれだけジュリを憎んでいるかが分かった。

「ここにいる樹里は別の人間だ。お前たちを救ったことで分かっただろう？」

マーリンは顎をしゃくって樹里を示した。ケルト族たちはそれでもまだ疑惑の眼差しを樹里に向ける。居心地が悪くてつらい。

「あいつを倒したいという思いは我々と同じだ。我らもまた、あいつに遺恨を持つ。だが、あいつを剣で殺せないのは、お前たちも知っているだろう」

マーリンに指摘され、グリグロワが歯痒（はがゆ）そうにうつむいた。

ジュリの身体はふつうの剣では斬れない。以前アーサーが剣で斬りかかったら撥（は）ね返（かえ）されたと言っていた。モルガンの魔術かもしれない。その上、人を操る術も持っているので最悪だ。ジュリを倒せる剣はエクスカリバーという剣だけで、それを扱えるのは亡きアーサー一人だった。

「あいつを殺すのは難しい。だが、仮死状態にはできる」

マーリンが断言したので、驚いて樹里は振り返った。ランスロットも驚いたようにマーリンを見つめる。

「そのようなことが可能なのですか？　エクスカリバーを使えるアーサー王がいない今……、あやつに対抗する手段があるとは」

ランスロットは困惑気味にマーリンに詰め寄った。

「できることはできる。現に私は以前、あいつを仮死状態にした。呪術でな。命を奪(と)ることまではできなかったが……」

マーリンにちらりと見られ、樹里はあっと声を上げた。樹里が最初にこの世界に来た時、ジュリは棺(ひつぎ)の中にいた。死んでいるのに遺体が腐らないという不可思議な状態で。

「そっか、マーリンならあいつをどうにかできるじゃん！」

意気込んで樹里が言うと、マーリンが軽く首を振る。

「ただし、——それにはあいつの髪や体液、といったものが必要だ。どうだ？　グリグロワとやら、お前はそれを盗み出せるか？　可能ならば——私があいつを封じ込めよう」

マーリンが挑むようにグリグロワに告げた。グリグロワは顔色を変えて、他のケルト族と会話を始めた。そんなことができるのかとか、信じていいのかとかそういった内容だ。互いに言い合いを続けていたが、彼らにとってジュリを仮死状態にできるかもしれないという提案は大きな価値があったらしい。

「どうにかして奪ってみせよう。髪……なら何とかなるかもしれない」

グリグロワは決意を秘めた眼差しで言った。

マーリンはこくりと頷いて、鉄格子の隙間からグリグロワに手を差し出した。グリグロワは躊躇しつつ、その手を握り返した。

「よし。ただしこの呪術には時間がかかる。およそ一カ月だ。一カ月経てば、奴は力を失うだろう」

　樹里は安堵して、強張っていた肩から力を抜いた。ケルト族とは互いに分かり合えるかもしれないと思ったのだ。同じ敵を倒すことで、絆(きずな)が生まれるかも――。

「ところで、ケルト族の遺体が起き上がり暴れたという話がある」

　マーリンの話が一段落したのを見計らい、ランスロットが切り出した。とたんにグリグロワや他の者たちが青ざめて「おお、太陽神ルーよ」と呟き、祈り始めた。

「それはあの悪魔の仕業だ。あいつはここに来る前に、我らに黒い小さな蜘蛛みたいなものを飲ませた。我らは抵抗できなかった。そいつは時々夜になると暴れる。あの悪魔はこう言っていた。『母上の作った死者をも動かす魔術だ』――と」

　樹里はハッとしてランスロットを見た。ランスロットは顔を強張らせている。ランスロットの中に巣くう魔物と同じものだろうか？　もしかしたら、ランスロットが死んだら同じように斬られても死なないで闘い続ける悪鬼になるのか。

「その魔物、見せてくれぬか？」

　ランスロットはグリグロワに近づいて言った。グリグロワが獣の皮を脱いで背中を向けてくる。やはりだ。ランスロットと同じ黒い小さな塊(かたまり)が皮膚の中にいる。ランスロットは蛇だったが、こっちはどうやら蜘蛛らしい。もぞもぞと蠢(うごめ)く忌まわしい蜘蛛だ。

「我らはこいつを殺そうとナイフを突き立てた。だが、すばしこく逃げ回り、毒を吐くのでどうしようもなかった」

グリグロワが無念そうに呟く。

「ランスロット、そいつ今なら殺せるんじゃないか？　妖精の剣があるだろう？」

樹里は目を輝かせてランスロットの腕に触れた。ランスロットの表情が和らぎ、すっと鞘から剣を抜き出す。

「おお……」

暗い地下牢に光が満ち、グリグロワは畏怖を感じたように身を引いた。妖精の剣は光り輝き、ランスロットの手に収まっている。

「この剣は妖精王から賜りしもの。この剣なら、その魔物を殺せるはず。この剣は人を斬る剣ではなく、魔物を祓う剣と言われます」

ランスロットが説明すると、グリグロワが息を呑んだ。

「あのさ、ランスロットがグリグロワを苦しめる魔物を排除できれば、ケルト族と協力し合えるんじゃないかな」

樹里が思いついて言うと、マーリンが鼻を鳴らして腕を組む。

「そいつらに殺された者もいるんだぞ。今は表だって協力などと言えない。だからこうして私たちだけで地下牢に来たのだ」

マーリンの言うことももっともだ。樹里としてはお互いモルガンたちに苦しめられているのだし、仲良くできればと思うが。

「グリグロワ殿にためしてみてもいいでしょうか？」

ランスロットに問われ、マーリンは手を振って了解の合図をした。グリグロワの牢の扉が開かれ、兵によって外に出された。グリグロワは思い切りよくむきだしの背中をランスロットに向ける。

「やってくれ」

グリグロワに言われ、ランスロットは剣を構えた。背中の肩甲骨辺り(けんこうこつあた)で蜘蛛が動いている。ラフラン領とはいえ、この陰気な地下牢では魔物も動けるらしい。動くと痛みを発するのだろう。グリグロワは顔を歪めている。ラフラン領にいるので魔物の動きは通常よりおとなしいはずだが、危機を察した魔物が毒を吐かないか心配だった。

「一瞬で」

ランスロットはそう言うなり、剣を振った。その振りがあまりに速くて、樹里はほとんど分からなかった。グリグロワがかすかに呻き声を上げ、背中を逸らした。その直後、床にぼとりと黒い蜘蛛が落ちた。黒い蜘蛛は真っ二つに斬られている。

「やった！」

樹里は歓喜の声を上げて床を見下ろした。

「どうだ⁉」

「殺せたのか⁉」

他のケルト族の男たちが鉄格子にしがみついて覗き込む。グリグロワの背中には剣で斬られた痕がなかった。妖精の剣は本当に魔物だけを殺したのだ。

「何と……感謝する、キャメロットの騎士よ」

　グリグロワは背中に手を当てると、床に落ちた黒い蜘蛛を見つめ、感嘆の息をついた。グリグロワの黒い蜘蛛の魔物が死んだと知り、ケルト族の顔が明るくなる。

「厚かましい願いかもしれないが、他の者も助けてほしい。我らケルト族は恩義を重んじる。助けてくれたら、この先、恩に報いることを約束する。もともと我らはラフランに侵攻などしたくなかったのだ。女子どもを殺すと脅(おど)され、魔物で苦しめられ、仕方なくここに来た」

　グリグロワは一転して誠実な態度でランスロットを見つめた。ランスロットはマーリンを見やる。マーリンは仕方なさそうに、好きにしろと呟いた。

　ランスロットは残りのケルト族たちも牢から出し、次々と魔物を殺した。ランスロットの剣の速さは魔物に逃げる隙を与えなかった。

「明日の正午まで、牢にいてもらわねばなりませんが、食事も運びましょう。どうか、牢から脱走するような真似はなさらないように」

　ランスロットに言われ、ケルト族たちは従順に牢へ入っていった。

「よかったな、でも……」

　樹里は地下牢を後にして顔を曇らせた。ランスロットの魔物はまだ身体の中にいる。早くそれを退治してほしいが、人の身体は斬れても、自分の身体を斬るのはむずかしいだろう。

「魔物を退治するのは、姫を助けてからにします」

　察したランスロットが穏やかに答え、樹里は頷いた。

部屋に戻るとサンがいて、再会を喜んだ。何でもトリスタンが迎えに来てくれたそうだ。なんと気の利く男だろう。

城にはまだ怪我を負った兵や使用人がいたが、樹里の力を借りなくても治る軽傷ばかりだったので、樹里は休むことにした。正直、疲れ果てていた。自分の部屋で汚れた衣服を脱ぎ、食事をとってベッドに横になった。目を閉じたとたん睡魔に襲われたので、クロがベッドに潜り込んできたのも気づかなかった。

こんこんと眠り続け、翌朝、太陽の光で目を覚ました。

「あー、すっげ寝た……」

樹里は大きく腕を伸ばし、横にいたクロに目をやった。クロは目だけをちらりと動かし、もそもそと樹里の毛布の中に潜り込んでくる。クロはまだ眠いようだ。

「樹里様、起きましたか？」

サンが水の入った桶を運んできた。サンはとっくに着替え、働いている。

「ああ。あれから何かあった？」

台の上に置かれた桶で顔を洗い、樹里は尋ねた。

「特に何も。起きたら顔を出すようにとマーリン様が言ってました」

樹里のための食事をテーブルに並べながら、サンが言う。

「今日、人質交換をなさるのですよね。グィネヴィア姫が無事に戻られるといいのですけど。僕、賭なんかしちゃって悪かったなって」

サンはしんみりと言った。グィネヴィアが部屋から出たのは昨日ということになるのだろうか。賭け事をしていた者たちも、まさかケルト族に連れ去られるとは夢にも思わなかっただろう。

「姫様、気位が高くて庶民を見下しているから、人気ないんですよね。樹里様が気安く誰とでも話すから余計に」

樹里のための紅茶を淹(い)れながらサンが言う。親身になって心配できないようだ。樹里は若草色の麻で作られたシャツにズボンを穿(は)いてブーツの紐(ひも)を締めた。

「俺、平民だし……」

答えようがなく樹里がパンを手に取ると、サンが憤慨したように拳(こぶし)を握った。

「樹里様は神の子で王妃なんですから、グィネヴィア姫よりも威張っていいんですよ！　元平民でも、今は上の立場なんですから！　姫様の侍女なんて僕のこと陰で笑ってて」

どうやら使用人の間でもいろいろあるようだ。グィネヴィアのような生まれながらに王族の娘にとって、国が傾きかけたこの状況はもっとも憂える状況かもしれない。ランスロットのことで憎まれているので仲良くなれずにいたが、戻ってきたら少し話すべきかもと思った。皇太后も亡くなり、グィネヴィアには侍女くらいしか話し相手がいないのだ。

「そもそも何でケルト族は姫様を連れ去ったのでしょう？　お金目当てですか？」

事情を知らないサンもその点は気になるらしい。樹里は焼きたてのパンを頬張り、スープを飲み干した。

「よし、ちょっとマーリンのとこ行ってくる」

樹里はそう言うと部屋を出た。クロがついてきたそうだったが、サンにブラッシングをされていたので置いてきた。城の中だし、供は必要ないだろう。

マーリンを探していると、廊下を歩いているランスロットと会った。ランスロットは甲冑を着込んでマントを身につけている。腰には二振りの剣がある。今日は人質交換でケルト族と会う。戦闘が起こるかもしれないと想定しているのだろう。

「樹里様、おはようございます」

ランスロットは樹里に微笑んだ。

「おはよう。マーリンに呼ばれたんだけど」

「私もです。城外にいるようです。ご一緒しましょう」

ランスロットに誘われ、樹里は靴音を響かせて廊下を進んだ。ランスロットは妖精の剣を抜いてから、以前のような落ち着きを取り戻した。乱れていた心が定まったかのように。背筋を伸ばして力強く歩く姿を見ていると、よかったと思う半面、ランスロットに対して残酷な真似をしているという自覚が芽生えた。

自分は本当はランスロットをどう思っているのだろう。大切な人であることには変わりない。このままの関係でいられたらと思うのも真実だ。

「今日の人質交換……樹里様は城で待機していて下さい」

階段を下りている途中でふいにランスロットに言われ、樹里は足を止めた。

「いや、俺も行くよ」

踊り場で振り返ったランスロットに駆け寄ると、樹里は慌てて言った。てっきり自分も行くものだと思い込んでいた。

「危険です。ジュリはあなたを殺そうとするでしょう。人質交換は我らにお任せ下さい」

ランスロットはきっぱりと言い切る。アーサーも心配性で樹里を危険な場所に近づけまいとしたが、ランスロットも同じようだ。

「分かってるけど、気になるじゃん。俺も行くって」

「樹里様……」

咎(とが)めるように見つめられ、樹里は唇を尖(とが)らせた。

「じゃ、物陰から隠れてるからさ。何かあったら助けられるように。それならいいだろ」

樹里が階段を下りていくと、ランスロットが困ったように首を振った。ジュリが何をするか分からない以上、傍にいたかった。怪我を負ったらすぐ助けられるように。

ふいに手が握られて、樹里は階段の途中で振り返った。ランスロットはじっと樹里を見つめ、何か言いたげに唇を震わせる。

「……」

樹里はどきりとして息を詰めた。握られた手から熱が伝わってきて、樹里の心臓が早鐘を打つ。

ランスロットが何を言いだすのか怖くなり、樹里は視線を逸らした。そっと手を離す。

「行くから」

背中を向けて言うと、ランスロットが樹里の横に並んできた。

「あなたは頑固な方ですね」

ランスロットから息が詰まるような空気が消え、樹里はホッとした。

「お前に言われたくないって」

ランスロットと軽く言い合いながら城の外に出る。城の庭では兵たちが壊れた武器や弓矢を集め、修復していた。ランスロットが顔を見せると、表情をほころばせて敬礼する。

城は高い壁で囲まれ、その城壁は人が登れないように上のほうが反り返っている。大きな門の前には複数の兵がいて、ランスロットと樹里に敬礼した。

「マーリン殿はあちらに」

兵に案内され、樹里たちは開いた門から外へ出た。昨日ケルト族と闘った場所にマーリンが立っていた。マーリンは泥に土を被せるよう領民に指示している。ケルト族の遺体は跡形もなく異臭を放つ汚泥となった。領民ががんばってくれたおかげで、臭いはずいぶんマシになった。

「ケルト族の人たちもこんな最期は嫌だったろうなぁ」

樹里は思わず呟いてしまった。ジュリ一人のせいで、多くの人が苦しんでいる。ジュリには優しさとか憐憫(れんびん)といった感情がないのだろうか。

「どんな最期だろうと死は死でしかありません」

独り言のようにランスロットが言った。振り返ると、ランスロットは遠くを見やって苦笑する。

「死に意味をつけるのは生きている人間だけです」

ランスロットはそう言うとマーリンのほうに歩いていった。闘いに赴く者はそんな心持ちになるのだろうか。樹里はなるべくなら穏やかな死を迎えたいが、ランスロットは違うのかもしれない。

「来たか」

マーリンは樹里とランスロットに気づき、軽く顎をしゃくった。マーリンは城から遠ざかり、なだらかな斜面を歩き始めた。人がいない場所へ来ると、立ち止まって目を細める。

「正午の取引だが、この三人で行こうと思う」

いきなり切り出され、樹里は目を丸くした。ランスロットは明らかに不満げな様子でマーリンを見る。

「マーリン殿、樹里様を連れていくのはいかがなものかと」

「こいつは顔を変えさせる。一時間程度なら顔の形を変えられる薬がある。何かあった時にこいつの治癒力は必要だ。グィネヴィア姫をまともな状態で返してもらえるか分からないからな」

マーリンの冷酷な意見に樹里はぞくっとした。グィネヴィアはどんな目に遭っているのだろう。気は強いが、かよわい女性の身体だ。痛めつけられたり辱(はずかし)められたりしていないことを祈るのみだ。

「もし取引場所に現れなかったら、それこそ終わりだが……。その場合は、姫は死んだものとする」

マーリンが断言し、樹里は青ざめた。

「そんな……っ、ランスロットだって連れ帰れたんだ！　諦めないでくれよ！」

こんな話は聞きたくなかった。

「マーリン殿、それは……」

ランスロットも苦しそうに眉根を寄せる。

「姫は王家の血を引く大切な方だが、ジュリのいるケルト族の村まで取り返しに行くのはリスクが大きすぎる。だから取引が失敗したら姫は死んだと触れ回る。言っておくが、もし私がずっと王都に残っていたら、ランスロット卿を助けに行くことも反対しただろうよ」

マーリンはふてぶてしい笑みを浮かべた。

「これは最悪の場合の話だ。私の見立てでは、八割の確率で人質交換に応じるはずだ」

ランスロットの憤りを感じたのか、マーリンは真面目な顔つきになった。マーリンが八割というなら、グィネヴィアは戻ってくるに違いない。ホッとした。

「ともかく少人数で行く。これ以上無駄な戦死者を出したくない。昨日のように奇妙な術を使い始めたら、ランスロット卿の妖精の剣で防ぐ。川辺にいくつか罠を張っておいたが、それを使わずにすむよう祈ってくれ。それと――話は変わるが、あのトリスタンという男には、油断するな」

一段、声を落としてマーリンが言った。

「トリスタン？　そういや今日は見てないな」

城の中を歩いている途中、トリスタンの姿は見かけなかった。ランスロットが兵士の部屋の一つを貸し与えたと言っていたが。

「あの男、強すぎる。しかも本気で闘っているそぶりではなかった。その上、あの魔術……解せない。そもそも国内にケルト族のように対立する部族があるのを他国の人間に知られたくない。これからあいつの前では無難な話しかするな」

他国の使者として来るくらいだから、腕の立つ者であることは間違いないだろう。

「でも俺、何度も助けられたし……そんな悪い奴に思えないけど？」

樹里が首をかしげて言うと、ランスロットが気になったようにじっと見つめてきた。

「何だよ？」

何故か切ない目で見られ、樹里は赤くなって身を引いた。何かまずいことを言っただろうか。

「やはり……あのような方が好みなのですか」

視線を逸らしたランスロットに呟かれ、樹里は目が点になった。今、何て言った？

「こ、好みって！　そういう意味じゃねーって！　俺は男は好きじゃねーの!!」

思わず大声でまくしたててしまった。ランスロットがびっくりしたように振り返る。我ながら反応が激しすぎて無性に恥ずかしくなった。男嫌いで過ごした人生が長かったので、トリスタンがタイプかと言われ、頭に血が上ってしまった。金髪で青い目が好きとか思われていたら、軽く死ねる。

「そ……、そういうんじゃないから。二度と言わないでくれよ」

マーリンにまで変な目で見られて、懸命に落ち着いた声を出すよう努めた。

「失礼を……。トリスタン殿とおられる時、樹里様はのびのびと楽しげに見えるもので」

ランスロットは複雑そうだ。そう見えていたなら、そうだったのかもしれない。

「だってあいつ、すごい気安いっていうかさ。前からの知り合いみたいな顔してるからさぁ……。マーリンだって、他国の使者にしてはすぐ打ち解けてたじゃん？　ランスロットだって、あいつのこと憎めないなって思ってるだろ？」

樹里が二人を交互に見ると、マーリンは苦虫を噛み潰したような顔になり、ランスロットは小さく頷いた。

「トリスタン殿の明るさは人を惹きつけます。領民とも早々に打ち解けているようですし」

マーリンは思案するように鼻に触れた。

「他人に警戒心を与えないという武器が奴にあるのは確かだ。かなりの魔術の使い手のようだし、何らかの術でも使っているのかもしれない。それもあるから、警戒しろと言っている」

魔術を使って親密になっているなんて考えすぎだと思うが、人に気を許さないマーリンがすぐ打ち解けてしまったことを思うと、何かあるのかもしれない。

「でも、妖精王が導いた奴だよ？　危ない奴なら会わせないだろ？」

樹里は首をひねった。マーリンもそれに関しては反論できないようだ。ランスロットは静かにマーリンを見た。

「トリスタン殿に監視の者をつけますか？　ショーンのような従者なら彼も気にしないでしょう」

「それはいいな。そうしてくれ」

マーリンとランスロットが話している間、樹里はラフラン湖の方角に目を向けた。妖精王に子どものことを伝えたかった。会議でも言えなかったことを妖精王に先に言うのは反則かもしれないが、何だか言いだす機会がどんどんなくなっていく。この場でマーリンに話してみようかと思ったが、そんなことを言ったらますますグィネヴィアの立場が軽くなりそうで言いにくい。

「樹里様？」

気づいたらマーリンが城に向かって歩きだしていて、樹里はランスロットに声をかけられるまでぼけっと空を眺めているというアホっぽい姿をさらしていた。慌てて二人のもとに駆け寄る。

数時間後には人質交換が行われる。しっかりしなくては、と樹里は自分に言い聞かせた。


昼の鐘が鳴る前に、樹里はマーリンからもらった、顔が変わるという薬を飲んだ。ランスロットにどんな顔になったか聞いてみたら、「素朴な顔です」と微笑んで言われた。サンに聞くと「早く元に戻して下さい！」と泣きつかれたので、あまりいい顔ではないようだ。

門を開け、マーリンとランスロット、樹里の三人とケルト族の男たちで城の外に出た。打ち合わせておいたのでケルト族の男たちは縄で縛られているものの、おとなしく樹里に引っ張られている。馬に乗っているのはマーリンとランスロットだけで、兵士を装っている樹里は徒歩だ。

　いざ交換場所に出向こうとした時、丘を駆けてくる白い馬が見えた。トリスタンが手を振っていた。姿が見えないと思ったら、城の外に出ていたのか。

「置いていかないで、俺も行く！」

　トリスタンは快活な笑みを浮かべて駆けてくると、樹里たちと並んだ。

「お前は部外者だ。しゃしゃり出てくるな、必要ない」

　マーリンは苛立ちを隠しもせずに吐き捨てる。

「これも見聞のためだから。やぁ、昨日は大暴れだった部族の皆さん。今日はずいぶん聞き分けがいいんだな」

　トリスタンはマーリンに嫌がられるのも構わず、馬を歩かせる。グリグロワたちは奇異な目つきでトリスタンを見やり、こそこそ話している。

「彼らとは交渉済みです。トリスタン殿、ついてくるなら邪魔にならぬように」

　ランスロットが見かねて口を挟む。追い払いたくてもトリスタンが言うことを聞くような性格ではないと悟ったのだろう。

「お前、どこ行ってたんだ？」

　縄を引きながらつい樹里が問いかけると、トリスタンがくるりと振り返り、きょろきょろした。話しかけたのが目線の下にいる樹里と分かると、「うわっ」と仰天する。

「その声は、樹里⁉　一晩でそんなに顔が腫れたの⁉　まるで別人！」

トリスタンは樹里が面変わりしたのを驚いている。とすると、エストラーダには変装する魔術はないようだ。

「他国の王妃を呼び捨てにするな。樹里様と言え」

苛立ちがピークに達したのか、マーリンはトリスタンの足を馬上から蹴り上げる。

「あ、樹里、様ですね。なんか呼びやすいんで」

トリスタンは照れたように笑った。気安く声をかけられる王妃ってまずいのではないかと今さらながら思う。

「マーリンの薬で顔を変えてるんだ」

樹里が明かすと、グリグロワたちも知らなかったらしく、それぞれ悲鳴を上げて飛び退いた。

そんなにびっくりするなんて……。

「はぁ、驚いた。さすがキャメロット一の宮廷魔術師。そんな術も使えるんだ」

トリスタンは明るい笑い声を立てる。これから人質交換で緊張する場面だというのに、トリスタンの陽気さに緊張した空気が和らぐ。驚いたトリスタンにマーリンはまんざらでもないようだ。

あんな顔をするなんて、やっぱりマーリンはトリスタンが嫌いではないに違いない。

「ところで昨日現れた樹里……様、そっくりの男は、今日も現れるのかな？」

トリスタンは馬上から樹里に顔を近づけ、邪気のない様子で尋ねた。

「現れてほしくないけどね」

樹里はちらちらとマーリンに視線を向けた。トリスタンにジュリが何者か聞かれたらどうしようかと思ったのだ。他国の人間に真実を明かすわけにはいかないし、赤の他人というには似すぎている。話をすり合わせておけばよかった。

「奇妙な術を使っていた。禍々しいものを感じる。俺はくわしい事情は知らないけど、そこにいる彼らの村を支配しているとしたら、あれが魔女モルガン……」

トリスタンの口からモルガンの名前が出てきて、樹里は首根っこを摑まれたみたいに身をすくめた。魔女モルガンの話は他国にも知られている。ジュリが魔女モルガンの子どもと知られるのは都合が悪い。自分の正体を明かすことにも繫がるからだ。

「な、わけないか。綺麗な顔だけど男だったし」

トリスタンは独り言を続けている。

「そのうるさい口を閉じろ。でなければ今すぐ城へ戻れ」

マーリンが咳払いしてトリスタンを制した。トリスタンは肩をすくめると、おしゃべりをやめた。樹里はホッとして握りしめていた縄を弛めた。トリスタンにばれるのも困るが、ケルト族にばれるのも困る。同じ魂を分けた存在といってもふつうは理解できないだろう。

一行はラフラン領との境にある川へ向かった。徒歩でいく樹里たちに合わせているので、時間がかかった。

今日は日差しが強く無風なので、歩いているとじんわり汗を掻いてきた。いつもクロに乗って移動しているから、たまに長時間歩くと疲れを感じる。川が見えてくると、マーリンは一度足を止め、鳥を使って辺りの様子を窺った。ケルト族もジュリもまだ来ていないようだ。

「お前はその茂みに隠れていろ」

　マーリンに川の手前にある茂みを指差され、樹里は素直に頷いて身を潜めた。縄はマーリンが握り、ランスロットとトリスタン、ケルト族の男たちで川を渡っていく。雨が降っていないので川の深さは膝辺りまでしかなく、順調に渡っている。

（ジュリが来たらどうしよう）

　茂みから皆を見守りながら、樹里は心配で空を見上げた。そろそろ太陽は真上に昇る。約束の刻限だ。マーリンたちは昨日ケルト族と交戦した場所に馬を止め、辺りに目を配る。まばらに高い木があるものの、見晴らしはいい。不意の攻撃を受けないようにと、マーリンは静かに呪文を唱え始めた。

　どれくらい待っていただろうか。鳥が甲高い声を上げた時、木々の合間を縫って馬が数頭駆けてくるのが見えた。緊張した空気の中、ケルト族の男が五名、馬を走らせてきた。皆、獣の皮で自らの顔を隠し、腰に剣を下げている。そのうちの一人、背の高い男が女性を後ろに乗せていた。

（グィネヴィア！）

　グィネヴィアの姿を確認して樹里は安堵した。人質交換に応じないケースも頭にあったが、グィネヴィアを返してくれるなら交渉は成立だ。樹里はジュリの姿がないか周囲に目を凝らした。分かる範囲ではジュリはいない。ジュリがいないなら、交渉はいっそうしやすくなる。

「交換に来たぞ！」

ケルト族の男たちはランスロットたちと距離をおいて馬を止めると、大声で告げた。

「姫は無事か！」

ランスロットが大声で返す。背の高いケルト族の男は馬からグィネヴィアを下ろすと、生きているのを確認させるようにその顎を持ち上げた。グィネヴィアは怒りを押し殺したような顔で男を睨みつけている。どうやら元気なようだ。衣服は汚れているが、破れている様子はない。

「よし、ゆっくりと人質を歩かせろ！」

ランスロットが大声で言いながら、グリグロワたちに目配せする。グリグロワは小さく頷き、縛られた状態で歩きだした。マーリンと背の高いケルト族の男がゆっくりと歩を進め、皆が見つめる中、人質を交換した。グィネヴィアはマーリンに手を取られると、緊張していた糸が切れたかのようにぐったりと倒れ込んだ。

「引くぞ！」

ケルト族の男たちはグリグロワたち人質の縄をナイフで解き、それぞれの馬の背に乗せると、あっという間に去っていった。交換の際中に戦闘が起きるかもと心配したが、杞憂だった。マーリンはグィネヴィアの身体を検分し、ケルト族が去っていった方角を見やる。

樹里は懐に忍ばせていた薬を取り出した。ケルト族が去り、変装する必要がなくなったので変装を解く薬を服用する。少し苦いのを堪えて飲み込んだ。

樹里は敵がいないのを確認して、川を渡ってマーリンとランスロットとトリスタンに駆け寄った。

「無事⁉」

グィネヴィアは疲れたようにランスロットにもたれかかっていたが、樹里を見るなり、まっすぐに背筋を伸ばした。

「わ、私は何もされておりません！」

いきなりグィネヴィアに食ってかかられ、樹里は面食らって立ち止まった。グィネヴィアは顔に朱を走らせ、わなわなと拳を握る。

「私があの蛮族どもに汚されたとお考えなら見当違いもいいところですわ！　そんな真似をされたなら舌を噛み切って自害しております！」

樹里に怒鳴りつつ、グィネヴィアは懼（おそ）れるように、ちらりとランスロットを見た。グィネヴィアはランスロットに誤解されたくない一心で言っているのだろう。

「そ、そう……元気そうでよかった」

樹里は顔を引き攣らせた。単純に怪我がないか聞いたつもりだったが、ナーバスになっているグィネヴィアに軽率に聞くべきではなかった。

「……私……疲れました。むさくるしい男どもが始終傍にいたので、気が休まらず」

グィネヴィアは立ちくらみを起こして再びランスロットにもたれる。

「城へ戻ろう。姫、後で拘束されていた間の仔細を語ってもらいますよ」

マーリンは無表情で告げ、グィネヴィアをランスロットの馬に乗せるよう言った。樹里はトリスタンの後ろに乗せてもらい、帰りは馬の背に揺られた。

城に戻ると、グィネヴィアの侍女たちが涙を浮かべながら「姫様！」とグィネヴィアを取り囲んだ。グィネヴィアは侍女に任せることになった。彼女には休息が必要だろう。

「解せない。何故ああも簡単に姫を解放したのだ」

会議の間に集まると、マーリンはにこりともせず切り出した。宰相のダンやマーハウス、ユーウエィンに人質交換の状況を伝えたのだが、マーリンにグィネヴィアが戻ってきて喜んでいる様子はなかった。

「それだけケルト族は仲間を取り返したかったということでは？　ジュリに内緒で交換した可能性もあるのでは」

マーハウスはグィネヴィアが戻ってきたのを単純に喜んでいる。私がひそかに慰めてさし上げようかと嘯（うそぶ）くくらいだった。

「ジュリがいる以上、そんな甘い話はない。おそらくグィネヴィアには何らかの術がかけられている。姫を隔離すべきだ」

マーリンは会議の間のテーブルを叩いて、断固とした態度を示す。

「むう。それは考えられないことではないが……。しかし姫がそれを承知するであろうか」

ダンは渋い表情で首を振る。

「グィネヴィア姫であることは間違いないのですね？　ジュリが化けているとかでなく」

ユーウエィンに指摘され、樹里は戸惑いつつランスロットとマーリンを見やった。グィネヴィアが誰かの変化した姿の可能性は――。

「それはないのではないでしょうか。姫は本物の姫かと存じます」

ランスロットが困ったように樹里を見返す。樹里も大きく頷いた。あれが誰かが変化した姿とは思えない。姿かたちは似せられても、グィネヴィアらしい言動は無理な気がする。

「うん。グィネヴィアじゃないかな。でもそうだよな、もし化けていたら簡単に城に入れるし、暗殺とかし放題だよな」

樹里は口にするだけで恐ろしくなり、身震いした。樹里たちがグリグロワを説得したように、ジュリも攫ったグィネヴィアに何か仕掛けた可能性はある。用心するに越したことはない。

「姫の部屋の前にはこれまでの倍の兵を置きましょう。今なら護衛と言えば納得するでしょう。部屋からなるべく出さないようにして、様子を見守るしかありません」

ダンがそう締めくくり、グィネヴィアは実質隔離状態にすることになった。その間に何が起きたかを調べるとマーリンは言っている。グィネヴィアへの聞き取りに樹里は参加できない。ただでさえ嫌われているので、樹里がいるとグィネヴィアが素直に応じてくれないだろうというのが理由だ。

今は状況を見守ることしかできなかった。


その夜、ランスロットは自身の身体に巣くう魔物を退治することを決意した。ランスロットは一人で行うつもりだったようだが、他人の魔物を斬るのと自分の身体を斬るのでは訳が違う。ナイフのように短い刃ならやりようはあるが、妖精の剣のように長い刃を持つ剣は自分を斬るのに向いていない。

「マーハウス、頼めるか？」

ランスロットは悩んだ挙げ句、マーハウスに魔物退治を頼んだ。この繊細な作業は、おおざっぱなマーハウスよりユーウエィンに任せるべきではないかと樹里は思ったが、剣はマーハウスのほうが、弓はユーウエィンのほうが上とランスロットは認識していた。

「お任せ下さい、ランスロット卿！　俺が必ずや一撃で仕留めてみせます」

魔物退治を任されたマーハウスはすっかり有頂天になり、嬉々として胸を叩いた。

その夜、樹里はランスロットの部屋で待機していた。ランスロットの大事な時だ。樹里もその場にいたかったのだ。妖精の剣は人を斬る剣ではないし、ランスロットがグリグロワの魔物を斬った際も血は出なかった。けれど今回剣を持つのはマーハウスだし、上手くいくかどうか分からない。

ランスロットの部屋は二間に分かれているのだが、必要最低限の物しか置かれていないので、剣を振るうのに支障はなかった。

「では始めよう」

部屋にはランスロットとマーハウス、ユーウエィン、樹里の四人だけだ。ランスロットが躊躇なく衣服を脱ぎ去る。ランスロットの鍛え上げられた肉体は美しいが、つい下半身に目がいってしまう。樹里は赤くなって目を逸らした。ランスロットは妖精の剣を鞘から抜くと、マーハウスに渡した。

「う……っ」

マーハウスは妖精の剣を握るなり、声を漏らし、床に落としてしまった。皆が目を見開く。マーハウスは剣を握った手を痺れたように震わせている。

「熱くて手が痺れて、とてもじゃないが剣を握れません」

ユーウェインが妖精の剣を拾い上げようとしたが、マーハウスと同じく握っていられず、すぐに手を離してしまった。妖精の剣は妖精王がこの国一番の騎士に与えた剣だ。妖精の剣は選ばれた者しか使えないのだ。

「でも俺、以前握ったことあるけど」

樹里は疑問を抱いて妖精の剣を握ってみた。剣に異常は感じられない。

「おお、では樹里様が」

マーハウスに身を乗り出して言われたが、樹里は剣を構えて顔を引き攣らせた。慣れない剣を振り回し、ランスロットを助けることができるのか——。

「無理。そんなちょろちょろ動くもの、俺には斬れない」

樹里が青ざめて剣を下ろすと、マーハウスとユーウェインががっくりと落胆する。ランスロットは樹里から妖精の剣を受け取り、鞘に収めた。

「仕方ありません。自分でどうにかします」

ランスロットは淡々とそう言ったが、気落ちしているのは一目瞭然だった。

「あのさ……トリスタンはどうかな？」

ふと思いついて樹里は口にした。マーハウスとユーウエィンが同時に振り返る。

「あいつって妖精王が導いてくれた奴だろ？　薬草くれたけどさ、それだけじゃなくて、今回も役に立ってくれるんじゃない？」

樹里がためしに言ってみると、マーハウスが「呼んできます！」と即座に部屋を飛び出していった。ユーウエィンは他国の人間に大役を任せることに不安を抱いたようだが、猪突猛進なマーハウスを止めることはできなかった。ランスロットは珍しく迷いを見せているが、樹里としてはできることは何でもしておきたかった。

「こんばんは、皆さん」

マーハウスがトリスタンを連れてきたのは五分ほど経ってからだった。ずいぶん速い。廊下でばったり出くわしたとマーハウスは息を切らしながら言う。

「まさか、妖精の剣を握らせてもらえるなんてね」

トリスタンは事情を聞くと、目を輝かせてランスロットが妖精の剣を抜くのを見守った。光り輝く剣をトリスタンはランスロットから受け取る。ふっとトリスタンの目が鋭く光り、何かを試すように人のいない場所で剣を二度、三度振り回した。

「何ともないですか？」

ユーウエィンは剣を振るトリスタンを羨望の眼差しで見る。

「少し熱を持っていますが、耐えられないほどではない。どうやらキャメロット一の騎士を助ける役目は俺のようだ」

トリスタンはランスロットの正面に立つ。ランスロットは覚悟を決めて、くるりとトリスタンに背を向けた。

「魔物は脇腹に移動しました」

ユーウェインが目ざとく魔物を見つける。魔物はランスロットの腰で細い身体をくねらせている。

「では」

トリスタンは剣を握りしめ、息を整えた。

緊迫した空気の中で、トリスタンは剣を振り抜いた。その動きは素早く、真っ二つに斬られた魔物が床に落ちた。樹里たちは思わず喝采を上げかけたが、ランスロットは呻き声を上げて膝をついた。

「う……っ」

魔物は退治できたが、ランスロットはひどい眩暈(めまい)を起こして倒れかかる。

「大丈夫か⁉　ランスロット！」

樹里が慌てて助け起こすと、ランスロットの顔色が悪い。ひょっとして——魔物は死ぬ間際に毒を吐いたのか。

「大丈夫です……」

ランスロットは樹里の手を借り、顔を上げた。樹里は衣服を着せかけると、ランスロットをベッドへ誘(いざな)った。ランスロットはおとなしくベッドに横たわると目を閉じて、額に手を当てる。

「魔物は消えたけど、最後に毒をかけられたと思う。毒が抜けるまで安静にしていなきゃ。ランスロット、これを飲んで」

樹里は水差しから水を杯に注ぎ、マーリンからもらっておいた解毒薬をランスロットに飲ませる。念のため用意しておいて本当によかった。ランスロットの額に触れるとすごく熱い。もう熱が出ている。

「トリスタン殿、ありがとうございます。この恩は必ずお返しします」

ランスロットは脂汗を浮かべながらトリスタンに告げた。妖精の剣はランスロットの枕元に置かれた。

「お役に立ててよかった」

トリスタンはすごいことをやってのけたのに偉ぶるわけでもなく、軽く手を上げると部屋から出ていった。

「あの方は……何者なのでしょう」

ランスロットはトリスタンが出ていった扉を見つめ、呟いた。マーハウスやユーウエィンのような精鋭さえ握れなかった妖精の剣を扱えるなんて……。トリスタンは本当に謎の多い人物だ。

「とりあえず魔物を退治できたのは何よりだった」

樹里はランスロットに上掛けをかけると、ふーっと大きく息を吐いた。

「ひとまず、安心ですね」

　ユーウェインとマーハウスも肩の荷が下りたようだった。ランスロットは樹里たちを見上げ、微笑んだ。

「心配かけてすまない。今夜はゆっくり寝る。私は大丈夫だから、部屋に戻ってくれ。樹里様も、どうかお気遣いなく」

　ランスロットはいつものように穏やかな笑みを浮かべて言う。

「何言ってんだ。今夜はついてるよ。熱、高いし。水、汲んでくる」

　人に迷惑をかけないようにとランスロットは平気そうにしているが、毒のせいで熱が出ているのだ。今夜はついていたい。

「水なら我らが汲んできます。樹里様が一緒なら我らの出る幕はないですね。よろしくお願いします」

　マーハウスが目を輝かせ、ユーウェインの肩を抱いて部屋を出ていこうとする。ユーウェインは「おい、ちょっと…」と反論していたが、マーハウスに強引に引き摺られていった。

　二人きりになり少し気まずかったが、ランスロットの額が汗ばんでいるのを見て心配になった。乾いた布でランスロットの汗を拭く。ランスロットは熱い吐息をこぼし、だるそうに瞼を閉じた。

「身体が燃えるようです……樹里様、私は……トリスタン殿を見ていると……」

　ランスロットが目をつぶったまま呟く。氷枕でも作ってあげたいところだが、あいにくここにそんなものはない。

「トリスタンを見ていると？」

マーハウスが運んできた桶の水で布を濡らして、ランスロットの額に当てた。こんなものでもないよりはマシだろう。

「……いいえ、何でもありません」

ランスロットは何か言いかけて目を薄く開けた。ランスロットは以前トリスタンは樹里の好みではないかと心配していた。まさか嫉妬でもしているのかと、樹里はうなじを掻いた。

「俺、本当に男好きじゃないからな」

誤解されたままではたまらないと、樹里は口を尖らせて言った。ランスロットが寝返りを打って樹里を見つめる。その瞳に切ない感情を見つけ、樹里は吸い込まれそうになった。

「や、だから……。金髪、青い目が趣味じゃ」

「トリスタン殿からは自由を感じるのです」

樹里の台詞(せりふ)を遮って、ランスロットが静かに言う。樹里はハッとした。

「アーサー王は王という立場にありながら、常に自由であるように感じられました。トリスタン殿にも似たものを感じるのです。私にはない、自由な空気を――」

樹里は鼓動が速まるのを感じた。ランスロットの言う通り、トリスタンは何物にも縛られていないように見える。エストラーダの使者としてキャメロットに来たというが、好き勝手に過ごしているようにしか見えないのだ。ランスロットの言わんとしていることはよく分かる。なりたくてもなれない、特別な空気をアーサーとトリスタンに感じている。

「ダン殿が、あなたが王妃をやめたいと言ってきたと話してくれました」

ランスロットは苦しげに続ける。樹里は何も言えなくて、息を詰めた。ランタンの火が揺らめいて、しんみりした空気を作る。

「あなたがトリスタン殿のような方とどこかへ行ってしまうのではないかと……私は……」

ランスロットの瞳が伏せられ、長いまつげが頬に影を落とした。樹里は拳をぎゅっと握った。何故だか突然ランスロットを抱きしめたい衝動に駆られたのだ。ランスロットは強くて大きくて立派な騎士なのに、今は寂しい小さな子どもに見える。

「……どこへも行かないって言っただろ。王妃をやめたいってのは、ここで生きる決意する前の話だから」

樹里は呼吸を整えて、そう言うに留めた。ランスロットは小さく笑い、眠りに誘われたように目を閉じた。

眉根を寄せて寝ているランスロットの顔をじっと眺めていると、こめかみから汗がしたたり落ちる。乾いた布で拭きとり、ランスロットの頰に触れた。指先から熱が伝わってくる。ひどくつらそうだ。

「う……」

ランスロットは呻きながら手を伸ばした。

「アーサー王……、お許しを……」

ランスロットは苦しそうに呟き、空中で手を掻く。ランスロットはまだ悪夢に苦しんでいるのだ。樹里は哀れに感じてその手を摑む。

「ランスロット、大丈夫だから」

耳元で囁き、握った手にもう片方の手をのせる。樹里の囁きが届いたのか、ランスロットの眉間からしわが消え、穏やかな寝息が聞こえてきた。

（ランスロット……）

樹里は眉尻を下げた。ランスロットの人生を狂わせてしまったのは自分かもしれない。自分がこの世界に来なければ、ランスロットは今頃誰かと婚姻して穏やかな人生を送っていたのではないだろうか。モルガンの魔術にかかっても、アーサーを殺そうなんて思わなかっただろうし、忠実な臣下としてずっとアーサーの傍にいられたはずだ。

「失礼します」

ノックの音がしてショーンが水の入った新しい桶を運んできた。何となく見られたくなくてランスロットの手を離そうとしたが、指ががっしり食い込んでいて離れない。

「樹里様。冷たい水と替えておきますね。疲れたら看病を替わり――あ、いえ」

ショーンは目ざとく樹里の手に気づき、言葉を吞み込んだ。

「では」

ショーンは笑顔で部屋を出ていった。樹里はやけに気恥ずかしくなって、そろそろとランスロットの指を解いた。自由になった手で、額に置いた布を取り換える。

冷たい水で濡らした布を額に押し当てると、ランスロットの表情がいくぶん柔らかくなった。

（早く熱が下がるといいな）

そんなことを考えながらあくびをする。少し眠くなってきた。仮眠をとろうと、ランスロットの寝ているベッドに突っ伏して目を閉じる。ジュリのこと、ケルト族のこと、子どものこと、モルガンのこと——いろんな思いが浮かんでは消える。とりあえずグィネヴィアが戻ってきたことはよかった。少し寝ると目覚めて、樹里はランスロットの額の布を取り換えた。熱は下がってきているようで、安心した。

どれくらい時間が経っただろう。

肩を揺すられ、樹里はハッとして目覚めた。目の前にランスロットの顔があって一瞬ここがどこだか分からなくなったが、すぐにランスロットを看病していたのだと思い出した。明け方近くまでうたたねをしながらも看病を続けたのだが、最後は眠気に負けてしまったようだ。

「樹里様、申し訳ありません。私のために……」

ランスロットは身を起こして、恐縮したように頭を下げている。窓の外に朝日が顔を出しているのを見て、樹里は大きく伸びをした。

「や、ごめん。思い切り寝ちゃった」

改めてランスロットを見ると、血色もよいし回復したようだ。

「熱、下がったな」

ランスロットの額に触れて言う。その手をランスロットが素早く握り、熱い眼差しで見つめてくる。

「樹里様のおかげです。ありがとうございます」

ランスロットは樹里の手の甲に唇を押し当て、嬉しそうに微笑む。大げさだと苦笑して、樹里は立ち上がった。

「じゃあ俺、部屋に戻るから」

樹里がそう言って部屋を出ていこうとすると、ランスロットが素早くベッドから飛び降りてきた。

「お待ち下さい、樹里様」

ドアに手をかけようとした樹里の身体を、背後からランスロットが抱きしめてくる。まだランスロットの身体は熱くて、抱きしめられると燃えるような熱さが伝わってきた。ランスロットは大きな身体で樹里を抱きしめてくる。

「や、あの、たいしたことしてないから。ほら俺、戦闘じゃあんまり役に立たないし、こういうことくらいしかできないから」

ぎゅっと背中越しに密着され、樹里は焦った。ランスロットが無言のままいっそう強く抱きしめてくるから、動揺してしまう。

「俺だって昔は喧嘩(けんか)強くて有名だったんだけどさ、やっぱ喧嘩と戦闘じゃぜんぜん違うんだよなぁ。ホントに……」

沈黙を打ち消そうとくだらない話をしてみるが、ランスロットは無言のままだ。樹里は口を閉じて、棒のように突っ立っていた。ランスロットの黒髪が樹里の鎖骨をくすぐる。

「……何もしません。だからどうか、しばらくこのままで」

ランスロットが押し殺した声で呟く。

樹里はうつむき、ランスロットの匂いを嗅いだ。ランスロットは抱きしめる以外何もしなかった。けれどくっついていると自然と樹里の鼓動が速まり、落ち着かない。たくましいランスロットの胸板に顔を埋め、がっしりした腕で押さえつけられたいという妄想が湧いた。あの夜、何度も身体を揺さぶられたように、身体の一番奥に熱が欲しくなった。

(馬鹿、馬鹿、何考えてんだよ、俺)

ランスロットとの情事を思い出すなんて、どうかしている。ランスロットの人生を狂わせた挙げ句、何の見返りもなしに忠誠を誓ってくれているのに。

(なんかよく分かんないけど、今はまだ駄目だ)

ランスロットが狂おしく自分を求めていることが分かっていても、それに応えてあげられない。

力強いランスロットの腕に身を委ねたいという衝動に駆られつつ、樹里は身じろぎできずにいた。ランスロットが思いを断ち切るように離れるまで、長くて短い時間が過ぎ去った。

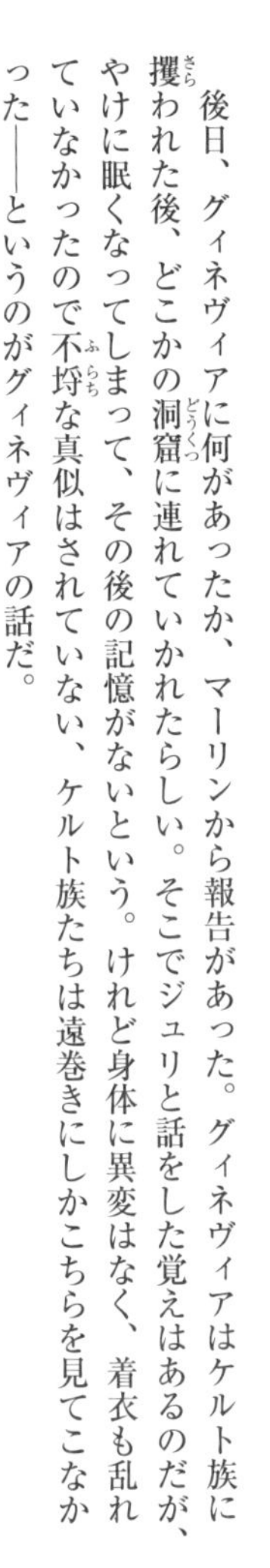

6 グィネヴィアの想い

Guinevere's Desire

後日、グィネヴィアに何があったか、マーリンから報告があった。グィネヴィアはケルト族に攫われた後、どこかの洞窟に連れていかれたらしい。そこでジュリと話をした覚えはあるのだが、やけに眠くなってしまって、その後の記憶がないという。けれど身体に異変はなく、着衣も乱れていなかったので不埒な真似はされていない、ケルト族たちは遠巻きにしかこちらを見てこなかった——というのがグィネヴィアの話だ。

マーリンはますますグィネヴィアは何か術をモルガンに施されたと考えたようだが、肝心の術がどんなものか分からず、痕跡を探ることに時間を割いていた。グィネヴィアはマーリンの与える解毒作用を持つ薬草や薬を服用している。ランスロットの二の舞はごめんだという、マーリンの措置だ。

そうこうするうちに一週間が過ぎ、グィネヴィアへの監視も弛み始めた。グィネヴィアの態度は相変わらずで、誰かが成りすましているとは到底思えなかった。数日はおとなしくしていた彼女もしだいにいつもの調子を取り戻し、部屋を出ると言っては兵を困らせている。

その頃だ、グリグロワが単身城に現れたのは。

「ランスロット卿、ケルト族の者が参りました」

門番をしていた兵が息せき切って報告に来た時、真っ先に立ち上がったのはマーリンだった。今後の方針を決める会議中だった。「やっと来たか」とマーリンは珍しく顔をほころばせた。

一度は戦闘状態になったケルト族の男を城に招くなんて、兵たちにとって信じがたい出来事に違いない。兵に囲まれて、会議の間にやってきたグリグロワに、マーリンは目をぎらぎらさせて近づいた。

「グリグロワ、待っていたぞ。用意できたんだな？」

マーリンはグリグロワに剣を向けていた兵たちを下がらせて、意気込んで言った。グリグロワは毛皮を脱ぎ、懐(ふところ)から竹筒を取り出した。

会議の間にいた他の者たちは何が起こっているか分からず、困惑して見守っている。

「髪を数本。あいつの世話をしている奴に頼んで、入手してきた」

グリグロワは竹筒をマーリンに手渡すと、目を光らせた。

「本当にこれであの悪魔を倒せるのか」

グリグロワに念を押され、マーリンは深く頷いた。

「任せろ。今から奴に術をかける。ただし効果が表れるのは、一カ月後だ。この術はかなり高度で時間がかかる。その間、殺されるんじゃないぞ」

マーリンに囁(ささや)かれ、グリグロワは紅潮した。その目には怒りや高揚感、安堵といったさまざまな思いが宿っている。

グリグロワは会議の間にいた面子(メンツ)に目を向けた。宰相(さいしょう)のダンや大神官、騎士団隊長、有力貴族を見やり、胸を張って澄んだ青い瞳を向ける。

「我が名はグリグロワ。ケルト族の次期、長(おさ)になる男。此度の戦闘、我々の本意ではなかった。ジュリという悪魔に支配され、やむなくしたこと。だが戦闘は戦闘だ。互いに多くの死者を出した。詫びはせぬが、あの悪魔を倒した暁(あかつき)には、できれば和解してほしい」

グリグロワは堂々とその場にいた者を圧倒した。グリグロワは次の族長なのか。あらかじめマーリンから話を聞いていたダンは、おもむろに立ち上がり、グリグロワの前に進み手を差し出した。

「ケルトの者よ。我らも同じ思いだ。闘いは遺恨しか生まない。和解できる道を我らも辿りたい」

ダンが重々しい口調でグリグロワの手を握った。ダンはこの場にいるすべての者の気持ちを伝えた。本当はもっと早く——アーサーが生きている頃に、和解したかった。二人の顔に穏やかな笑みがこぼれたことで、樹里(じゅり)もよかったと表情を弛めた。

「グリグロワ、聞かせてほしい。グィネヴィア姫が攫われていた時の詳しい状況を。ジュリが何をしたか、知らないか?」

マーリンはここぞとばかりにグリグロワに質問した。ケルト族なら何か知っているのではないかと期待してのことだろう。

「仲間に聞いた。最初、仲間は人質交換に応じてくれないのではないかと危惧していた。だが、あの悪魔は思いのほかすんなり了解したという。その場にいた者の話によると、もう用はすんだからいい、と……」

グリグロワの話に樹里はえっ、と思わず声を上げてしまった。捕まえてすぐに解放していいなんて、どういうことだろう。

「仲間の話では、あの悪魔が姫に何かしていたらしいが……人を遠ざけていたので詳しくは分からない」

グリグロワが顔を顰めて言い、マーリンはやはりな、という表情で腕を組んだ。グィネヴィアに何か術をかけたのは間違いないようだ。マーリンが念のために飲ませている薬が効果を発揮することを祈るのみだ。

「ありがとう。それだけでも十分だ」

マーリンはあらためてグリグロワと軽く抱擁し、もらった竹筒を手に掲げた。グリグロワはひそかに抜け出してきたそうで、ばれないうちに帰らねばと風のように去っていった。

「すぐにとりかかろう。ひとまず会議は中止だ。一刻も早くジュリの力を削がなければ」

マーリンはランスロットに呪術を行える場所がないか尋ねた。ラフラン領ではできないなら、別の場所でもいい、と。呪術を行うと土地も穢れを受けるらしく、妖精王の庇護下にあるラフラン領では難しいと考えたのだろう。

「でしたら北にある塔はどうでしょう。領地の境にある塔で、昔は身分のある罪人を幽閉していたと聞いています」

　ランスロットがホリーを振り返りながら言った。ランスロットより長く生きているホリーは、三代前の領主の妻が幽閉されていたと明かした。領主の妻は塔で自害したらしく、呪われた塔として誰も近寄らないそうだ。

「おあつらえむきだな」

　マーリンは不敵に笑うと頷いた。

　日が沈みかけた頃、樹里はマーリンとランスロットと共に北の塔へ出向いた。塔は細長い鉛筆のような造りで、ツタが壁面を覆い尽くしていた。中に入ると真っ暗で不気味なことこの上ない。らせん階段が中央を貫き、壁に沿っていくつか部屋があるようだ。マーリンは一番上の部屋に入ると、室内を見回した。暗い陰気な部屋だった。窓には鉄格子がはめられ、暖炉と大きな台と、竈や流し台がある。マーリンは流し台の上に運んできた麻袋や鍋を置いた。

「ここにしよう。呪術にぴったりの場所だ」

　マーリンは満足げに言った。樹里は壁際のカンテラに明かりを灯した。背筋がぞくっとする寒気を感じるのは、ここで領主の妻が自害したという話を聞いたせいだろうか。ネズミみたいな小動物が壁の煉瓦の隙間から顔を出して、樹里は驚いて飛び上がってしまった。

「これからここでジュリを仮死状態にする呪術を行う」

　マーリンは竈で火を熾しながら、樹里とランスロットに告げた。

「術は高度なもので、時間がかかる上に、その間私はここを離れられない。不在の間、頼んだぞ」

鋭い目つきでマーリンに言われ、樹里はまかせろと胸を叩いた。

「グィネヴィア姫が気がかりだが……。少しでも不審を感じたら、姫は牢屋（ろうや）に隔離しろ。本当ならしばらく姫から目を離したくないが、……ケルト族が手に入れたこの髪は鮮度が落ちたら使えない。ジュリを仮死状態にすることのほうが重要だ。ジュリとモルガンという大きな敵を二つも抱えるのはまずい。せめて片方だけでも、力を奪わねば……」

マーリンは鍋に持ってきた薬草を入れながら眉根を寄せる。マーリンの言う通りだ。モルガンとジュリが同時に攻めてきたら、多大な損害を受けるだろう。勝てる気がまったくしない。

「常に監視するよう手配しましょう。マーリン殿の食事はショーンに運ばせます。何か連絡がありましたら、その時に」

ランスロットはショーンを連絡係に決めた。マーリンも賢いショーンを気に入っているようで、了解してくれた。鍋に入れる水を運び終えると、樹里とランスロットは城に戻ることにした。

「あの……マーリン」

去る前に言っておこうと、樹里は思い切って口を開いた。マーリンはぐつぐつと煮え立つ鍋をかき混ぜながら、ちらりと樹里を見た。ランスロットは樹里が何を言いだすか察したようで、樹里の隣にそっと立つ。

こんな時に言うべきではないかもしれないが、子どものことをマーリンに言っておきたかった。今日の会議の後に言おうとしたのに、また言えずじまいになってしまったのだ。

「俺、やっぱり自分でアーサーの子を育てたいんだ。今度の会議で言おうと思う」

樹里が決意を秘めた眼差しを向けると、マーリンはしばらく何も言わなかった。マーリンは反対するかもしれないと思っていたので、樹里は内心ドキドキして返答を待った。

「……そうか。分かった」

マーリンはそっけなくそう返事した。それ以外何も言わない。

「反対しないのか？　あの……マーリンはアーサーとアーサーの子が一緒にいるほうがいいと考えてると思ってたんだけど」

何も言われないのも肩透かしを食らったようで不安になる。マーリンの本音が知りたくて、樹里は身を乗り出した。

「……確かにそう思っていた」

マーリンはぼそりと呟いた。

「だが、私もアーサー王の御子に会いたい気持ちがある。何よりお前の子だろう。お前の意思を尊重する」

淡々と言われ、樹里はふっと胸が締めつけられて、唇を嚙んだ。何げない一言だったが、マーリンの自分に対する態度が大きく変化していることに気づいたのだ。これまでマーリンはしょっちゅう樹里を馬鹿にするし、樹里の意見などまともに聞いてくれなかった。だから樹里の意思を尊重する、なんて言葉をもらえるとは思いもしなかった。嬉しい——。マーリンから認められたようでこそばゆい。

「よかったですね」

ランスロットが樹里に微笑みかける。樹里は照れたように笑い返した。

「ありがとう、マーリン」

樹里は深々と頭を下げた。それに対する返答はなかったが、樹里は笑顔でランスロットと塔を後にした。

今度の会議で子どものことを皆に言おう。マーリンの後押しがあれば、他の者も受け入れてくれるはずだ。ジュリを仮死状態にする術の完成には一カ月もかかる。その間何事もないようにと祈るしかない。これで成功すればメリットは大きい。

少しでも状況が好転したら。そう願って樹里は未来に希望を託した。

マーリンが塔にこもってから一週間が過ぎた。グィネヴィアは部屋に閉じ込められているが、侍女にわがままを言うくらいで、攫われる前とほとんど変わりがなかった。どうしても部屋を出なくてはならない時には騎士が数名護衛としてつき添う。樹里と会うと、睨(にら)みつけるか、つんとそっぽを向くかの二択でよく分からないが、ランスロット曰(いわ)く、グィネヴィアに異変はないらしい。

「いかにも姫って感じだ。気位が高そうで、泣かせてみたくなるなぁ」

トリスタンはグィネヴィアに興味津々で、ユーウェインから小言を言われている。ユーウェインにすれば自分の国の姫に手を出しそうな不埒な輩（やから）ということで警戒されている。

「お前、いつまでここにいるんだ？　エストラーダってどんな国なんだ？　やっぱ寒いのか？　帰りたくならないのか？」

興味が湧いて尋ねると、トリスタンはしばし考え込んでこう答えた。

「若いうちはいろんなところに行けってのが俺の親の教えなんで。樹里は――あ、失礼。樹里様はこの国の人間にしては毛色が違うような？」

逆に聞き返され、樹里は曖昧（あいまい）な笑みを浮かべてトリスタンから離れた。他国の使者にも見抜かれるくらい自分は浮いているのだろうか。だいぶ馴染（なじ）んできたと思うが、まだまだのようだ。

使者のトリスタンは神出鬼没で、城にいることは滅多になく、ラフラン領をあちこち歩き回っているようだ。キャメロットの現状はとっくに把握しているのだから自分の国に帰ればいいのに、ラフラン領が気に入ったとかで時々農民と畑作業をしているらしい。農民が「すごい怪力でした」と口を揃えていたので、役には立っているのだろう。

ケルト族との戦闘の後始末も終わり、平穏を取り戻した頃、王都に行っていた技師二名がラフランに戻ってきた。ダンと一緒にくわしい話を聞き、報告会も兼ねて会議が開かれた。

会議の間には騎士団の主だった者や、有力貴族が集まった。もちろん樹里と宰相のダン、大神官や神官もいる。国の今後を左右する話なので、多くの者が参加した。

「まず王都の現状についての報告です」

ダンは厳（おごそ）かな口ぶりで会議を始めた。

技師の報告によると、王都の治水の回復状況は五割程度。川の水は、ほぼ回復傾向にあり、農作物に使用しても問題ない。井戸の水はまだ飲むには適さず、再利用するより新しく井戸を掘るほうが早い。王都に戻るなら、ラフランからの輸送ラインを確立して復興に向けた動きをすべきだということ。建物は修復可能なものと現状のまま使用できるものが多いので、井戸水以外、大きな問題はないというのが技師の結論だ。

「なんと、それならば王都への帰還も可能ですね」

その場にいた誰もが目を輝かせた。以前の会議ではラフランに王都を移すべきと言っていた者も、王都への帰還に気持ちが傾き始めたのが分かった。何よりも長年王都で暮らしていた者たちは、王都が恋しいのだ。

「皆の者、どうだろう。ラフラン領のほうが安全なのは確かだが、やはり王都を復興させることこそ、キャメロット王国の未来に繋がるのでは」

ダンが皆の気持ちをまとめるように言い、これに対する反論はなかった。かくして王都を復興させるという方向で話が決まり、今後はそれに付随する問題について話し合うことになった。

「あの、皆いいかな？」

会議が終わりに近づいた時、樹里は席を立った。皆の視線が樹里に集まり、緊張しながら口を開く。

「知らない者もいると思うけど、俺の子ども……アーサーの子どもは妖精王が預かってくれている。妖精王は子どもをこの時代に生まれさせるべきか、アーサーが復活した時に生まれさせるべきか問いかけてきた。妖精王によれば、アーサーには復活の可能性があって――」

子どもとアーサーの復活に関してはごく限られた者しかまだ知らない。これを機に周知すべきだと判断し、樹里はダンと相談して決めたことを伝えようとした。

――その時だ。いきなり部屋の扉が突風に煽(あお)られたように開いた。反射的に樹里たちが振り返ると、そこにはうつろな顔をしたグィネヴィアが立っていた。

『――アーサーが復活する……だと⁉』

グィネヴィアの口から低い声が流れて、樹里は驚愕(きょうがく)した。グィネヴィアのブルネットの髪が乱れ、その顔に別の女性の顔が重なる。左の目から血を流し、背筋を震わせるような声で樹里たちを睨みつける様は――。まさか、と樹里は戦慄(せんりつ)する。

「グィネヴィア姫……？　どうなさったのですか？」

グィネヴィアにつき添っていた騎士が、背後からグィネヴィアの腕をとろうとする。とたんに騎士の身体は見えない力で壁に跳ね飛ばされた。

「いけない！　姫を捕らえよ‼」

ランスロットが胴震いしながら声を上げ、その声に弾かれたように騎士たちがグィネヴィアに飛びかかる。だが彼らはグィネヴィアに対して剣を振り上げることはできない。その判断が命取りとなった。グィネヴィアは両腕を胸の辺りに掲げると、騎士たちに何かを投げつけた。

「うわあああ！」

「火だ、火が！」

グィネヴィアを捕らえようとした騎士たちが次々と火だるまになっていく。会議の間にいた者たちが悲鳴を上げ、我先にと扉から逃げ出す。騎士は自らの身体を焼く炎を消そうと、叫びながら床を転げ回っている。

「ランスロット！」

樹里は救いを求めるようにランスロットを振り返った。ランスロットは花瓶の水を炎に巻かれた騎士にかけたが、炎の勢いが強くて少量の水では役に立たない。樹里はとっさに敷物をひっぺがし、ユーウエィンと炎に巻かれる騎士をそれで覆った。敷物の中で暴れまわる騎士を押さえつけ、火を消そうとした。

『アーサーが復活するとは、どういうことか！　おのれ、にっくきアーサーめ、我が殺した！　我が殺したはずだ！　それなのに、生き返るだと⁉』

グィネヴィアは狂ったように怒鳴り、手の中で作った火の玉を壁にかけられた旗めがけて投げた。旗に火が燃え移り、揺らめきだす。

『魔術の扱いにくいこの身体……、忌々しい』

グィネヴィアは髪を掻きむしり、床を踏み鳴らした。

樹里にももう分かっていた。目の前にいるのはグィネヴィアではない。魔女モルガンだ。魔女モルガンがグィネヴィアに乗り移っている。

「貴様、姫から離れよ！」

ランスロットは剣を構え、グィネヴィアに対峙（たいじ）した。

『ほほほ、ランスロット。お前の身体に埋め込んだ魔物を退治したようですね。もっといたぶってやりたかったのに。私を倒したいですか？　どうぞ、やってごらんなさい。私は遠い地からこの姫の身体を借りているだけ。この身体が傷を負っても痛くも痒くもない』

グィネヴィアは高らかに笑い、ランスロットに迫ってきた。ランスロットが唇を嚙み、わずかに後退する。会議の間には炎が揺らめき、次々と燃えるものを探している。敷物でくるんだ騎士はどうにか火が収まったが、手の施しようがない状態の騎士もいた。

『私を傷つけられるのはエクスカリバーだけ。アーサー亡き今、エクスカリバーを扱えるものはいない。それが……、復活とはどういうことか？　ランスロット、答えなさい。そうしないとお前の大事な樹里も火だるまにしてやろう』

グィネヴィアは手の中で作った火の玉を樹里に向けて言った。

「く――」

ランスロットが歯軋りをして、観念したように剣を床に落とす。マーハウスとユーウエィンが樹里を守るように前に回り込んだ。

「駄目だ――」

モルガンに屈してはならないと叫びかけた樹里は、ランスロットが風のような動きで妖精の剣を抜くのを見た。ランスロットは屈したと見せかけて、妖精の剣でグィネヴィアの身体を肩から脇腹にかけて斬った。

『う、ぐ――』

モルガンの苦しげな声が響いた次の瞬間、グィネヴィアは床に倒れ込んだ。ランスロットは駆け寄り、意識を失ったグィネヴィアを抱き起こす。グィネヴィアの身体には傷一つついていなかった。

「う、う……」

グィネヴィアが呻き声を上げて目を開いた。その顔はいつものグィネヴィアだった。

「私……私、今……？　私じゃないわ、私じゃないの……っ」

グィネヴィアは涙を流しながらランスロットの胸にしがみつき、必死に言い募る。どうやらグィネヴィアの意識が戻ったようだ。安心したのも束の間、会議の間に炎が広がっている。

「急いで水を！」

慌ただしく消火作業にとりかかる。こんな時にマーリンがいればすぐに火を消す魔術を使ってくれるのにと思いながら廊下を走っていると、トリスタンと出会う。

「何かあったのか？　騒がしいけど」

トリスタンを見て、樹里はその腕を掴んだ。

「頼む、来て！　火を消す魔術、知らないか⁉」

走りながら叫ぶと、何が起きたか察したようで、トリスタンが「できるよ」と気軽に返事をする。

「樹里様、危険ですから離れて下さい！」

会議の間の前の廊下はすでに煙が充満していて、右も左も分からない状態になっていた。ラン

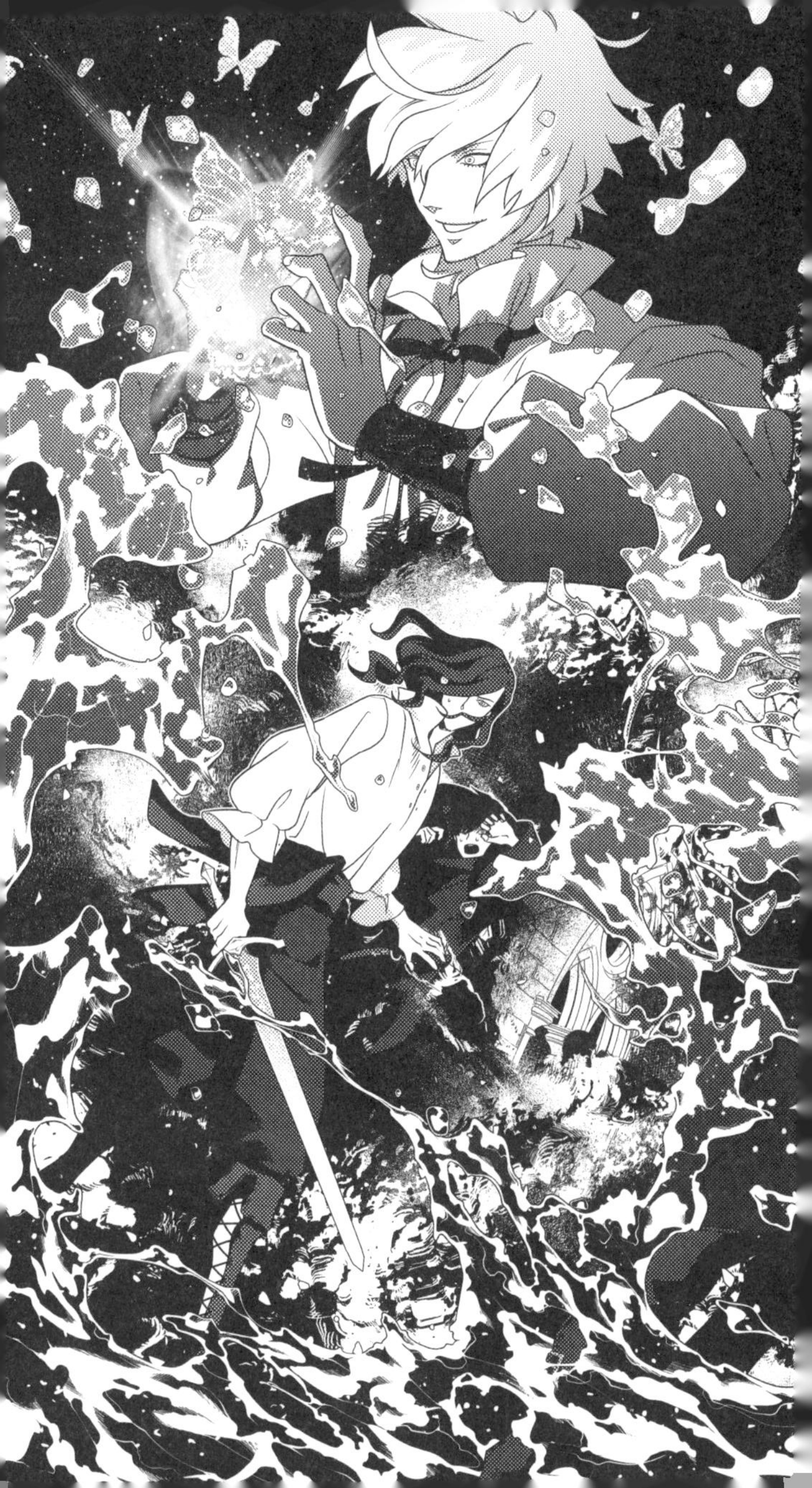

スロットは樹里を押しとどめるように立ちはだかった。このまま城が燃えるんじゃ、と樹里は血の気を失った。

「少し下がって」

トリスタンが樹里の前に出る。

『水の精霊ウンディーネよ、我の呼びかけに応え、我に力を貸したまえ。我が名は――』

トリスタンは複雑な手の動きを繰り返し、手のひらに息を吹きかけた。とたんに開いた窓から目に見えない何かがトリスタンの手に集まってくるのが分かった。何かは分からないが、冷気が生じて、頬に水の飛沫を感じる。

『火を鎮め、静寂を取り戻せ』

トリスタンはそう言うと、会議の間に向かって手を広げた。煙が渦巻いて、何が起きているか皆目見当もつかなかったが、すごいことが起きているのは間違いなかった。透明な羽を持った精霊が会議の間にいっせいに飛び込んできたのが見えた。

「ど、どうなってんの？」

口をあんぐり開けて呟く樹里の前で、トリスタンは煙の中にすたすたと消えていく。

わずか一分後には、一陣の風が吹いて、その場に漂っていた煙が一掃された。

「す、すごい……」

樹里もおそるおそる続く。天井や壁から水滴がしたたり落ちている。あれほど広がっていた炎はすっかり消え、後には焼け焦げた敷物やテーブルがあるのみだ。火だるまになった騎士も何とか一命をとりとめたようだ。

「トリスタン殿、あなたは……」

ランスロットも絶句してトリスタンを見ている。トリスタンは疲れたように息を吐き出し、肩を揺らした。

「少し疲れた。あ、これはマーリン殿には内緒で」

樹里とランスロットを交互に見やり、トリスタンは困ったような顔で告げた。マーリンに知られたくない理由を聞く前に、樹里たちにはやらねばならないことがいくつもあった。

「姫は隔離しました。念のためユーウェインが傍についています。この件をマーリン殿に知らせねば」

ランスロットは慌ただしく部屋を出る。火事の始末は他の者に任せ、樹里もランスロットを追った。騒ぎを聞きつけたクロが現れ、その背中に乗せてもらう。

グィネヴィアにモルガンが憑依(ひょうい)していた。あの調子で城を破壊されたら大変だ。幸いランスロットの妖精の剣で、グィスヴィアは意識を取り戻したが、一刻も早く手を打たなければならない。

それに……モルガンにアーサーの復活を知られてしまった。樹里は北の塔へ急いだ。ひどくまずい状況になった——隣を馬で走るランスロットの表情もそれを物語っていた。

マーリンがいる北の塔まで、全速力で駆けた。モルガンの力を見せつけられ、危機感を覚えたせいもある。らせん階段を駆け上り、樹里とランスロットは上階にいるマーリンを探した。

呪術を行っている部屋はひどい湿気だった。部屋全体に湯気があふれ、外との温度差がかなりあった。蒸し暑さに、息を吸うのも困難なほどだ。マーリンは竈に置かれた鍋を煮たたせ、呪文を唱えていた。いつもは黒いマントを羽織っているマーリンだが、さすがに今は薄布一枚のみだ。

「マー……」

名を呼ぼうとした樹里の前に、すっと黒マントの男が現れた。顔を見て唖然とした。マーリンが目の前にいる。

「え？　マーリンが二人？」

目の前にいるマーリンと、奥の竈で鍋をかき混ぜるマーリン。樹里は目を丸くした。

「私は枝で作った分身だ。あらかじめ作っておいた。何かあったのなら私が聞こう」

もう一人のマーリンが平然と言う。そういえば、以前アーサーがマーリンの分身と行動を共にしたと言っていた。一本の枝に術をかけてマーリンそっくりにしているらしいが、どこからどう見ても本物で気持ち悪いくらいだった。

「すごい術です」

ランスロットも驚きを隠せず、マーリンの身体に触れている。

「すごくはない。本体は枝だから、複雑な動きはできないしな。それで？　何が起きた？」

マーリンは匂いを嗅ごうとするクロを厭いながら、目を光らせた。

「大変なんだ、グィネヴィアが――」

　樹里は急いで事情を話した。グィネヴィアの身体を使ってモルガンが暴れたと伝えると、マーリンの顔色が変わる。竈の前で術を続けているマーリンもちらりと振り返ってきた。ランスロットの妖精の剣でモルガンが消えてグィネヴィアが意識を取り戻した話をすると、マーリンは眉間にしわを寄せた。

「……おそらくそれは憑依の術だ」

　マーリンは苦々しげに言った。

「グィネヴィアが攫われたのは、彼女を媒介として我らを苦しめるためだろう。憑依の術は遠隔からでも使える。だが意識を乗っ取るのは容易いことではない。たとえ憑依の術をかけられたとしても、本人が心から抵抗すれば意識は保てるはずだ」

「え……っ、それじゃどうして」

　樹里はマーリンに問うた。

「おそらく、グィネヴィアの中にモルガンの意識を受け入れる隙があったのだろう。簡単に言うと、ラフランなど滅んでしまえという昏い感情だ」

　マーリンの指摘は、樹里にとってもランスロットにとっても信じたくないものだった。グィネヴィアは複雑な感情に揺れていた。それは分かっているつもりだった。恋するランスロットの想いを得られず自暴自棄になっているのかもしれない。

「そんな、それじゃどうすれば……」

意識を乗っ取られるたびに妖精の剣で魔を祓うしかないのか。

「モルガンはアーサーが復活することを知ってしまったんだ。グィネヴィアが会議を盗み聞きしていたみたいで」

樹里が一番の問題を明かすと、マーリンの表情が一転して物騒なものになった。

「姫を殺せ」

樹里は息を呑んだ。ランスロットも絶句している。マーリンは忌々しげに階段を下り始めた。樹里とランスロットも慌ててその後を追った。

「なんということだ！　一番恐れていた事態だ！　しかも私は呪術中で身動きが取れない……術を中止するか？　いや、それはもっとも愚かな行動だ」

マーリンは階段を下りながら声を荒らげた。

「マーリン、待ってくれ！　どうする気だ⁉」

樹里は焦ってマーリンを追い越して、その行く手をふさいだ。

「即刻、王都に兵を置くべきだ。モルガンはアーサー王が復活すると知れば、すぐさま手を打つだろう。憑依の術は身体さえなければ意味を成さない。グィネヴィア姫が死ねば、脅威は去る。今、もっとも危険なのはグィネヴィア姫だ！　姫は神殿に入れるのだから」

カリカリした様子でマーリンはまくしたてた。樹里は顔を強張らせ、階段を駆け下りた。ランスロットも急いで塔を出て馬を引く。

「ランスロット卿、私を馬に乗せろ。今の私は乗馬ができない。卿が引っ張り上げてくれ」

マーリンは手を差し出し、馬の背に触れた。ランスロットは言われるがままにマーリンを引き上げて馬に乗せた。

「なんと軽い」

ランスロットは一驚してマーリンを凝視する。枝が本体のマーリンは重さを感じさせないようだ。樹里はクロに跨(また)がって今度は城を目指した。ランスロットの馬と並走する。

「グィネヴィアを殺すのは反対だ！」

マーリンは殺せと言ったが、そんな真似はしたくなくて樹里は大声を上げた。

「私も反対です、他に方法はないのですか⁉ 憑依の術を解く方法が！」

馬を走らせながらランスロットも大声で返す。マーリンは渋い顔つきで、じっと前を見ている。

マーリンの返事を得られないまま、樹里たちは城へと戻った。すると城門の辺りで騒がしい気配がしている。騎士が複数いて、ランスロットを見て駆け寄ってくる。

「ランスロット卿、大変です。姫が、姫が！」

騎士団隊長のガラハッドが両手を振り上げて叫ぶ。温厚な彼が声を荒らげるなんて、何が起きたのだ。嫌な予感がして樹里はランスロットと視線を交わした。

「姫が突然馬に乗って城を出ていってしまったんです！ ユーウェインとマーハウスが後を追っていますが……」

恐れていた事態に樹里はマーリンを見た。マーリンは舌打ちして額に手を当てている。

「ランスロット卿、騎士を集めてくれ」

マーリンはランスロットの手を借りて馬から下りると、低い声で告げた。一刻も早く追いかけるべきだと思ったが、マーリンは「行き先は分かっている」と首を振る。

「王都に騎士団を向かわせる。グィネヴィアの身体を使っているが、敵はモルガンだ。武装していかなければ太刀打ちできない。アーサー王のおられる部屋には高度な術をかけてある。モルガンといえどもすぐには解けまい。他人の身体を使っているならなおさら」

マーリンは冷静に状況を判断している。敵はモルガンと言われて背筋に震えが走る。ランスロットに妖精の剣でグィネヴィアの意識を取り戻してもらえばいいと考えたが、そんな簡単なことではすまないようだ。マーリンは根本から憂いを絶つつもりだ。つまり――グィネヴィアを殺害する気だ。

「待ってくれ、マーリン！　他にも何か方法があるはずだ！　グィネヴィアを助ける方法が！」

先に立って歩きだすマーリンを追い、樹里は必死に言い募った。ランスロットは騎士に早急に中庭に集まるよう伝令を出す。緊迫した空気の中、集合を知らせる角笛の音が辺りに響き渡る。

「マーリン殿、まずいことになりました」

玄関ホールには主だった面子が集まった。グィネヴィアは部屋に閉じ込められてしばらくはおとなしくしていたが、侍女からアーサーの遺体が石像となった事実を聞いたとたん、形相が変わり、侍女を突き飛ばし見張りの兵士を壁に叩きつけて部屋を出ていったという。一頭の馬が消え、水と食料もいくらかなくなっていた。城門を見張っていた兵は、グィネヴィアと目が合ってからの記憶がなかった。モルガンに操られ、門を開けてしまったのだろう。

「姫には憑依の術がかかっております。早急に騎士団を王都に向かわせ、姫を捕らえるべきです。姫の身体を操っているのは魔女モルガン――相応の覚悟で臨まねばなりません。憑依の術は依り代の身体が消えれば解けるもの。場合によっては姫の命を奪うしかない」

マーリンに冷酷に告げられ、その場にいた者たちが凍りついた。グィネヴィアの変貌した姿を目の当たりにしても、現実を受け止めきれないのだろう。誰もが暗い表情になり、暗澹たる思いに囚われたようだ。

「マーリン殿、騎士たちに姫を倒せとは命じられません」

ランスロットは断固とした態度で一歩前に進み出た。

「中身はモルガンだ」

「たとえモルガンであろうとも、我らは彼女が姫だと知っております。姫を追って妖精の剣で再び自我を取り戻させます。そもそもあなたの命に従う謂れはない」

マーリンの気迫に負けじと、ランスロットは剣の柄に手をかけて言い切った。ランスロットとマーリンの間の空気が張り詰めたようになり、固唾を呑んで見守った。以前と比べれば少し歩み寄った二人だが、意見が対立すると今にも斬り合いを始めそうだ。

「果たしてそんな悠長なことを言っていられるか？　モルガンが再び王都の水を穢し、王宮や神殿を破壊しても同じように言えるか？　モルガンは姫の身体を操っている。神殿にも王宮にも入りたい放題だぞ？　最悪の場合、またあの魔物を国中にばらまくことだってできる」

マーリンはねめつけるような目つきで、痛いところを突いてくる。誰もが言葉を失った。またあの時のような悪夢を繰り返したくはない。本当にグィネヴィアを殺すしか方法がないのか。グィネヴィアを殺すために王都へ向かわなければならないのか。

「マーリン殿、意地悪だなぁ」

重い空気を散らすように、静かに割って入った声があった。振り返ると、トリスタンがそこにいる。いつの間に現れたのか、相変わらず飄々としている。

「憑依の術はあくまで仮の身体を使うもの。魔女モルガンの魔力はすごいと聞くけど、魔術を使えないグィネヴィア姫の身体ではその十分の一も使えないはず。魔物を国中に放ったり、水を汚すような高度な魔術はできないよ」

トリスタンは穏やかに告げた。マーリンがかすかに舌打ちしてトリスタンを睨みつける。マーリンは騙すようなやり方でグィネヴィアを殺す方向に話を進めようとした。あやうく術中にはまるところだった。危険と感じた人物はすぐ殺そうとするマーリンの悪い癖を知っていたはずなのに。

「他国の者が勝手に話に入ってくるな。盗み聞きか？」

マーリンは気に食わないという態度を隠さずトリスタンを見やる。トリスタンは高度な魔術を使える。あとで何か打開策がないか聞いてみよう。

「マーリン、グィネヴィアを殺すのは最悪の手段として、今は彼女を追おう」

樹里が気を取り直して言うと、緊迫した空気が弛んだ。誰もがグィネヴィアの無事を願っている。わがままで困ったお姫様だが、大切な存在なのだ。

「アーサー王復活の話が広まる可能性を考慮すれば、神殿にはある程度の兵を常駐させねばならない。王と王都を守るために、騎士団一個隊を送るのが賢明かと。そのための備蓄もしなければならないでしょう」

マーリンは先を見据えて意見を述べる。まず先発隊を向かわせることになった。ランスロットはもちろん先発隊に加わり、グィネヴィアの意識を取り戻すべく行動する。樹里も同行を希望した。先発隊は騎士十五名、二時間後に移動を開始した。

驚いたことに、先発隊にトリスタンもちゃっかり加わっていた。

「俺も行くから。俺、役に立つし」

白馬に跨って明るい声で言う。トリスタンには、マーリンでなくとも疑惑の念が生じていた。力も強いし、魔力もすごい。いつも助けてくれる。その点は心配はないのだが、その能力の高さゆえに、何か思惑があるのではないかと疑ってしまう。それとも本当にただのいい人なのだろうか？　困ってる樹里たちを手助けしたいだけの善人なのだろうか？

トリスタンの行動は不可解だった。だがそれを深く考える時間は、今はなかった。

樹里たち先発隊はその日の日暮れまでに、ラフラン領との境にある川の上流へ馬を走らせた。マーリンはランスロットの馬に乗り、樹里はクロの背に乗っての移動だ。サンは置いてきた。

夕餉(ゆうげ)の支度は樹里も他の騎士を手伝った。スープを作り、干し肉とパンをそれぞれ配る。マーリンは食事をとらなかった。枝が本体なので、食事の必要がないという。

「マーリン殿、姫にかけられた術を解く方法は何かないのですか？」

他の騎士とは少し離れた場所に火を熾し、樹里はランスロットとマーリンとトリスタンの四人で話し込んだ。マーリンはトリスタンを煙たがっているのだが、何故か常に傍にいて、会話にも自然に入ってくる。本来ならトリスタンは遠ざけたいが、魔術に関してはマーリンと同じくらい知識のある彼の意見も聞きたかった。

「……」

マーリンはちらりとトリスタンを見て仏頂面(ぶっちょうづら)になった。トリスタンは含みのある目でマーリンを見ている。

「——グィネヴィア姫にかけられた憑依の術なら、とっくに解けている」

マーリンは面倒くさそうに首を振って、折れた枝を火に放り投げた。

「え？」

樹里とランスロットは理解ができなくて間抜けな顔をさらした。当然だと言わんばかりにトリスタンに苦笑され、トリスタンもその事実を知っていたと分かった。だが現にグィネヴィアは意識を乗っ取られ、アーサーの遺体を破壊するため王都に向かっている。

「妖精の剣で斬られた時に、グィネヴィアにかけられた魔術は解けている。だから問題なのだ。憑依の術は憑依する魔術師の意識を入れる穴を依り代の意識に作る。その穴は本人の負の意識がなくならない限り消えない。要するに何度でもモルガンはグィネヴィアに憑依することができるのだ。故に私はグィネヴィアを殺せと言った」

マーリンの説明に、樹里は虚を衝かれた。グィネヴィアにある負の意識は樹里への嫉妬、恋しいランスロットを手に入れられない恨みだろう。

「で、でもそれにしても……」

樹里は唇を噛んでうつむいた。

「グィネヴィアを本当に救いたいなら、ランスロット卿、貴様が彼女の想いに応えてやればいい。それで姫は救われるだろう」

マーリンは嘲るようにランスロットを見やった。ランスロットがマーリンを睨み返し、剣呑な雰囲気になった。ランスロットがグィネヴィアの気持ちに応える——樹里はどうしていいか分からず、顔を覆った。

「卿にそんな器用さがあるなら、私も姫を殺せなどと馬鹿は言わない。そもそも王家の血を引きながら、好きな相手と結ばれたいなどという愚かなことを考えるあの姫が悪い」

マーリンの意見は辛らつだ。そういえばアーサーも「好いた相手と結ばれることなどないと考えていた」と言っていた。樹里のいた世界では結婚や恋愛は好きになった者同士がするものというのがふつうだったが、王族になると意識が違うのかもしれない。

「いやいや、王族だって好きな人と婚姻したいでしょ」

横にいたトリスタンが面白そうに会話に加わってくる。

「おい、よそ者は気を遣って隅っこにいろ」

マーリンは邪険な口調でトリスタンを追い払った。トリスタンは軽く肩をすくめて、おとなしく離れた。

マーリンはその背中をじっと見つめる。

「あの男、何を考えている。当然のような顔つきで今回もくっついてくる。話を聞くのが上手い上に盗み聞きも得意なようだし、アーサー王のこともいつの間にか知っていたようだ」

忌々しそうにマーリンは枝を折り、火にくべた。トリスタンはキャメロットの実情をかなりの部分まで調査しているようだ。本人の能力そのものが高いばかりか、人の懐に入るのも上手くて、警戒心を弛めてしまうのが厄介だ。

「そういえば会議の間の火事はトリスタンが消してくれたんだけど」

樹里は昼間の出来事を思い返し、声を低めた。トリスタンからはマーリンには内緒でと言われたが、この場合報告するべきだろう。

「魔術を使う時、水の精霊を呼び出して消したみたいなんだよね。マーリンみたいに歌わないっていうか、杖も使ってなかったし。なぁ、ランスロット」

樹里が同意を求めると、ランスロットは戸惑ったように首を振った。

「私にはあの時、トリスタン殿が発した言葉は理解できませんでした。異国の言葉であったようだな……。樹里様にはお分かりになったのですね」

ランスロットにはトリスタンの言葉が分からなかったらしい。この世界で樹里は精霊の言葉を聞いたり異国の言葉を聞いたりすることができるので、そのせいかもしれない。ふと見ると、マーリンの顔が歪んでいる。

「水の精霊は四精霊の一つだ。そんな高度な魔術をあの若造が？　ありえない。よほど魔術の才を持つのか、いや、もしくは……」

　マーリンは深く考え込むように腕を組んで火を凝視した。エストラーダという国は、魔術が盛んなのだろうか。

「でもトリスタンがいなければ、被害はもっと大きくなっていたから、悪い奴じゃないのは確かだよ」

　あまりトリスタンを疑うのは悪い気がして、樹里はそうフォローした。油断させておいて悪事を働くというパターンもあるだろうが、これまで何度も危険な場面を助けられた。とはいえ、庇いすぎるとランスロットが焼きもちを妬くのでほどほどにしなければ。

「そうですね。私にも悪意を持つ方とは思えません。トリスタン殿のことはともかく……、マーリン殿は、もっと先のことを考えておられるのでは？」

　ランスロットはマーリンを覗き込んだ。

「つまり――モルガンがアーサー王の部屋を開けられなかった時のことを」

　ランスロットに切り込むように言われ、マーリンは眉間にしわを寄せた。モルガンが遺体安置所の扉を開けられなかった時のこと――樹里はよく分からなくて首をかしげた。モルガンが開けられなかったら万々歳ではないのか。

「グィネヴィアの身体を借りてあの部屋を開けられなかった場合――モルガンはジュリを王都に呼び寄せるだろう」

思いもしなかった可能性を示唆されて、樹里ははっとした。

「グィネヴィアの身体を借りたモルガンには開けられなくとも、ジュリならあの部屋は開けることができるだろう。だからこそ私は本体ではなく、この分身の身で王都に向かっている。ジュリを仮死状態にする呪術を完成させなければ、最悪の事態は続く。モルガン本体は神殿には入れないのだから、ジュリさえどうにかできれば――」

マーリンは爪を噛む。

北の塔では今もマーリンはジュリを仮死状態にする呪術を続けている。それを完成させるのに必要な時間は一カ月――まだ半分も終えてない状態だ。

「間に合うのか?」

樹里は不安になった。

「分からない。グリグロワの報告によると、ジュリはケルト族の村へ戻っているはず。ケルト族の村から王都まで少なくとも二週間はかかる……。ぎりぎりか、あるいは間に合わないか……。ジュリとモルガンがどれほど密に連絡をとっているかにもよる」

「モルガン本人が来る可能性はないのか?」

樹里は嫌な考えが浮かんで上目遣いになった。

「おそらくそれはない。モルガンは王宮にも神殿にも入れないし、ぼろぼろの王都をこれ以上攻撃する必要もないだろう。アーサー王がモルガンに一太刀浴びせたことも、モルガン本人の力を削いでいるはずだ。どうやらエクスカリバーでつけた傷は、モルガンでさえ治せないらしいな」

マーリンは考え込むように言った。

「綱渡りのような状況ですね」

ランスロットは目を伏せて言った。火の明かりがランスロットの頬を照らす。マーリンは皮肉げに笑い、樹里とランスロットに「お前たちは眠れ」と告げた。目の前にいるマーリンには睡眠は必要ないのだ。

「ランスロット卿、先ほど言った話は本当になるかもしれないぞ。グィネヴィア姫との婚姻――卿も樹里の命令なら、聞かざるを得まい？」

マーリンは腰を浮かしたランスロットに冷たく告げる。樹里は胸がずきりと痛んで、思わずランスロットに目を向けてしまった。ランスロットは無言で背中を向ける。

ランスロットにグィネヴィアと結婚しろなんて命令、自分にできるわけがない。そう思ったが、もしグィネヴィアの命と秤（はかり）にかけたら――。

樹里は落ち着かない気分で草むらに横になった。明日からのことが不安だらけで、希望が見出せそうになかった。ともかくグィネヴィアを見つけなければ。それだけを頭に、樹里は目を閉じた。

隊は王都を目指してひた走った。細長い木々が群生する辺りに来ると、前方から葦毛の馬がやってきた。馬上で軽装の男が、弱々しく手を振っている。

「マーハウス！」

ランスロットがいち早く気づいて馬を近づける。マーハウスは怪我を負っていて、右耳から肩にかけて鋭いもので裂かれたような痕と乾いた血がこびりついていた。甲冑もつけず、麻のシャツにズボンといった服装で、腰に二振りの剣を下げている。

「申し訳ありません。グィネヴィア姫を行かせてしまいました。何とか自我を取り戻してもらおうと近づいたのがまずかったようです」

マーハウスは馬から下りて面目なさそうに謝った。マーハウスとユーウエィンはグィネヴィアを追っていた。少し早かったが、ランスロットは騎士たちに休憩を言い渡した。それぞれ馬を休め、昼食の用意を始めた。マーハウスの怪我は樹里が治した。マーハウスは何も持たずに飛び出したので、騎士たちから与えられた干し肉とパンを美味そうに齧った。

「ユーウエィンが今、姫を追っています。俺と違って無謀な真似はしないと思いますが」

「そうか……」

ランスロットは顔を曇らせた。マーハウスは怪我を負ってからは森に待機し、後から来るであろう隊と合流するつもりだったと語った。

「姫は――いや、姫を乗っ取ったモルガンは王都へ向かって何をするつもりなのですか？　アーサー王の復活を知って、怒り狂っていたようでした。まさか、アーサー王の遺体を？」

マーハウスは不安げに問うた。

「それ以外に王都へ行く目的はあるまい」

マーリンがそっけなく答える。

「だとしたら、我々はグィネヴィア姫を敵とみなして闘うのですか？」

マーハウスは顔に不信感を表してランスロットに問うた。ランスロットは無言でじっと考え込んでいる。

マーハウスと同じように、他の騎士もグィネヴィアを倒さなければならないのかと戸惑っている。たとえ中身がモルガンでも、本来は王家の血を引く姫だ。モルガンが憑依したのを見ていたマーハウスでさえこの調子なのだから、その状態を見ていない他の騎士は闘志を持ちきれない。

「……姫を救いたいのは、皆同じだ」

ランスロットは低く呟き、馬の手綱を引いて小川へ行った。樹里はクロと一緒にランスロットの後を追った。

「ランスロット、大丈夫か？」

樹里は馬に水を飲ませているランスロットの背中に声をかけた。

「樹里様……」

ランスロットは憂いを宿した瞳で振り返った。ランスロットは責任を感じている。自分がグィネヴィアの気持ちを受け入れなかったことが原因だと考えているのだ。

「こんな時、アーサー王ならどうなさったでしょう」

ランスロットは黒馬の首を撫で、抑揚のない声で呟いた。

アーサーがいたら——樹里は地面に視線を落とした。アーサーがどうしたかは分からないが、アーサーなら悩まなかっただろうというのは分かる。アーサーには常に自分にとって最善の道が見えていて、迷わず指揮をとっていた。

「あの方は太陽のような方でした。敬愛する王を失った自分の無力さを痛感します。私はアーサー王の命令を忠実に実行していればよかった。何も考えず、悩まず、己の力を強くすることだけにまい進していればよかった。今は……何が正解なのか分かりません」

ランスロットはまつげを震わせた。

「きっと大丈夫だよ。グィネヴィアを救える方法があるはずだ」

とってつけたようだと思ったが、そう言うしかなかった。グィネヴィアを殺すという最悪の手段はできればとりたくない。グィネヴィアの心にできた穴をふさぐ方法が見つかればいいが——。

「……申し訳ありません。情けないことを言いました」

ランスロットは無理に微笑んで、樹里の腕にほんの少しだけ触れた。

「まずは姫を見つけることが先決ですね。妖精の剣があれば、自我を取り戻せるのですから」

安心させるように言いながら、ランスロットは馬を引いた。樹里の足元ではクロが小川の水をごくごく飲んでいる。集合の合図がかかり、隊は再び王都を目指した。クロの背から先頭を走るランスロットを見やり、樹里は不安を追い払うように首を振った。

翌日、日暮れ前に隊は王都に着いた。かつては賑わっていた広場を通り抜け、城を目指した。遠目に城下と城を結ぶ吊り橋が見える。ふだんは橋を上げていて城には誰も入れないようにしているのだが、今は橋が下りていた。そして——橋のたもとでは、兵が倒れていた。

「大丈夫か」

騎士の一人が兵を助け起こすと、怪我はなく気絶しているだけだった。兵は「グィネヴィア姫が帰ってきたと思ったら、いきなりふっ飛ばされた」と呆然としている。グィネヴィアはすでに王宮に入っている。おそらく王宮から神殿に向かったのだろう。

「姫を捜せ！　見つけたら手を出さず、私に知らせるのだ！」

ランスロットは騎士たちにそう命じ、王宮の庭に馬を止め、駆けだした。ランスロットは無論、神殿の遺体安置所を目指す。マーリンは分身の身では歩くことしかできないらしく、「先に行け」と手を振る。樹里はクロの背に乗って、王宮の渡り廊下を走った。後ろを振り返ると、ランスロットとマーハウスが並んで駆けているのが見える。そういえばトリスタンはどうしたのだろうと気になった。橋を渡ったところまでは姿があったが、その後ふっと消えてしまった。

「クロ、急いでくれ……!!」

今はグィネヴィアだ。樹里は祈るような思いで遺体安置所に急いだ。ひょっとしてグィネヴィアが扉を開けている可能性もある。もしアーサーの遺体を壊されたら、復活の可能性は消えてしまう。キャメロット王国の希望の灯を消さないでくれと樹里は念じた。

「グィネヴィア⁉」

遺体安置所の扉の前に着くと、樹里はクロから飛び降り、慌てて辺りを見回した。扉は閉まっている。モルガンの姿も、グィネヴィアの姿もない。ためしに扉を開けてみようとしたが、びくともしなかった。

「樹里様！」

駆けつけてきたランスロットとマーハウスが息を切らしながら扉に触れる。扉が無事なのを確認すると、二人ともグィネヴィアの姿を捜す。

「マーリン殿、何か分かりますか？」

ようやくマーリンが扉に辿り着くと、焦れたようにマーハウスが言った。マーリンは扉に触れ、じっくりと観察する。

「開けようとした魔術の痕跡があるが、できなかったのだろうな。ひとまず、アーサー王は無事だ」

マーリンはほうっと息を吐き、その場にいた三人を安堵させた。

「では姫はどこへ？」

マーハウスは姫を捜すと言って、廊下の奥へ向かった。樹里もランスロットと共にグィネヴィアの捜索を開始した。神殿内の廊下を移動している途中、リリィを見つけた。リリィは突然騎士たちがやってきたので何事かと焦っている。

「グィネヴィア姫ですか？　いいえ、私はお見かけしておりません」

リリィは戸惑いながら首を振る。そこへ年老いた使用人がやってきて、慌てた口ぶりで樹里たちを呼んだ。彼は神殿で雑事を手伝っている老人だ。

「大変です！　グィネヴィア姫が、姫が、へ、変な魔術を使って」

老人は泡を食ってまくしたてる。老人は予告もなく現れたグィネヴィアを不審に思い、声をかけたところ、魔術をかけられたという。グィネヴィアが魔術を使えるなんて聞いたことがなかったので、老人は訳が分からないといった様子だ。

「どんな魔術をかけられたのだ？」

マーリンが苛立った声で聞く。

「それがその……、モルドレッド王子はどこにいるかと。何故そんな分かり切ったことを聞くのかと思いましたが、私の意思とは無関係に口が勝手にしゃべりだして」

グィネヴィアのかけた術は、対象者に秘密を明かさせるものらしい。グィネヴィアはモルドレッドのいる塔へ向かったのか。樹里たちはとっさに顔を見合わせ、すぐに走りだした。

「樹里！　貴様の神獣に私を乗せろ！」

マーリンはクロと共に駆けだした樹里に大声で叫んだ。慌ててUターンしてマーリンを後ろに乗せる。枝が本体のマーリンに重さはないが、クロの背中は二人乗りに適していない。半ばマーリンを背負うような形で樹里は神殿の廊下を駆け抜けた。

「樹里様！　マーリン殿！」

神殿から王宮に向かい、中庭から西の塔目指して走っていると、ユーウエィンの声がどこかから聞こえた。辺りを見回した瞬間、西の方から爆発音が聞こえてきた。クロが本能的に足を止め、樹里もハッとして顔を上げる。西の空にもくもくと煙が上がっている。

「塔の辺りだ」

マーリンは舌打ちして呟いた。前方からユーウエィンが走ってくる。ユーウエィンは何か叫びながら塔を指差している。クロを走らせて合流すると、ユーウエィンはグィネヴィアが塔に火の玉を放っていると言った。

「塔の鍵が見つからず、破壊して開けようとしています」

マーリンはそれを聞くなり、早く進めとクロをどやした。クロは風のような速さで西の塔へ向かった。煙が風に流されて辺りの視界を遮っている。

塔の入り口辺りに人がいる。女性に支えられて青年が塔から出てくる。クロを止めると、樹里はマーリンを置き去りにして駆け寄った。

「待て！」

樹里の怒鳴り声にグィネヴィアが振り返った。その腕にいるのは間違いなくモルドレッドだ。塔の厳しい暮らし故か痩せてやつれているが、目は異常にぎらついている。

『邪魔な奴らめ、もう来たのか。この女の体力のなさが腹立たしいわ』

グィネヴィアの身体を乗っ取ったモルガンが醜く顔を歪める。その左目からは血の涙が絶えず流れていて、それがよりいっそう不気味だった。

「罪人を勝手に逃がすな」

　追いついたマーリンは懐から杖を取り出し、歌い始めた。お互いの間を遮っていた煙が横に流れ、何か見えない手のようなものがモルドレッドに絡みついた。モルドレッドは突然首を押さえてもがき始める。

「うぐ、う……っ、こ、の……っ」

　モルドレッドが苦しみ始めたのを見て、モルガンは細い指先を樹里たちに向けた。またモルガンに操られるかもしれないと危惧し、樹里はとっさにクロの前に立ちふさがった。しかし、モルガンが放ったのは火の玉だった。大きな火の塊が樹里の衣服にまとわりつき、一瞬にして全身に燃え広がる。

「う、わあああ！」

　かつてモルガンの攻撃は樹里に効果はなかった。樹里はアーサーの子を身ごもって王家の守りを得ていたからだ。けれど今の樹里はモルガンの魔術に対抗する術がなかった。火に襲われ、地面を転がると、クロが驚き前脚を浮かせる。横にいたマーリンが焦ったように杖を大きく振り上げる。樹里は苦しさにのたうち回った。紅蓮の炎が身を包んでいる。

「樹里！　ユーウエィン、何とかしろ！」

　マーリンはモルドレッドから視線を逸らさないまま、激しく怒鳴る。ユーウエィンがとっさにマントを外し、樹里を焼く炎を消火しようとした。

『お前……本体ではないな』

モルガンの目が光り、マーリンを見据える。マーリンの顔が歪み、高い声で歌いながら杖を横に振る。モルドレッドの身体が大きく反転し、地面に倒れ込んだ。樹里は全身を焼かれる苦しみに悲鳴を上げた。

刹那(せつな)、一陣の風と共に樹里の身体を清涼な水が包んだ。あれほど熱かった身体があっという間に冷え、火が消え去った。髪や衣服に焦げた跡はあるが、火はどこにもない。

「樹里様、大丈夫ですか⁉」

ユーウエィンが樹里を包んでいた濡れたマントを剣がして叫ぶ。戸惑いつつ頷くと、モルガンも不可解そうな表情をしていた。だがすぐに怒りで目を吊り上げ、再び火の玉を放ってくる。樹里はクロの背に飛び乗り、放たれる火の玉を避(よ)けた。モルガンは樹里だけを狙っている。

「樹里様！」

ランスロットとマーハウスが遅ればせながらやってきた。ランスロットは駆けながら、妖精の剣を鞘(さや)から抜く。モルガンが妖精の剣に気づいて身を翻(ひるがえ)そうとしたが、グィネヴィアの身体では遠くへ逃げることは叶わなかった。ランスロットが猛然と近づき、妖精の剣でモルガンを斬る。

『う、く……ッ』

凶悪な目つきで振り返りながら、モルガンの顔がすぅっと消えていく。その場にグィネヴィアが倒れ、マーハウスが助け起こす。

「樹里様、大丈夫ですか⁉　お怪我は⁉」

よろよろした足取りで樹里がクロから下りると、ランスロットが心配そうに手を取ってきた。あちこち焼け焦げているのが一目瞭然だったのだろう。

「大丈夫。ちょっと焦げ臭いけど、火傷はない」

樹里がそう言ったとたん、ランスロットが安心したようにきつく抱きしめてきた。皆が見ていると焦ったが、ランスロットはすぐに腕を弛めてきた。

「駆けつけるのが遅くなってしまい、申し訳ありません。あなたに万が一のことがあったら、私は己を許せなかったことでしょう」

ランスロットは焦げた樹里の髪に触れ、苦しそうに言った。

「や、ぜんぜん平気だから。それより……」

樹里は周囲を見回した。火傷をしていないことといい、あんなふうに炎が一瞬にして消えたことといい、あれはトリスタンの魔術だと思うのだが、トリスタンの姿はどこにもない。

「姫、姫、大丈夫ですか⁉」

マーハウスはグィネヴィアの頬を軽く叩いている。グィネヴィアの尾行を続けていたユーウェインは、これまでの出来事を樹里たちに報告した。グィネヴィアは王都を目指していたが、モルガンが憑依したとはいえ、か弱い女性の身体だった。おかげで休憩を何度もとらねばならず、後から来た隊が追いつくことができたのだ。王宮に着いたグィネヴィアはアーサーの遺体安置所の扉を開けようとしたが、結局開かずに苛立った様子で考え込んだのち、モルドレッドのいる西の塔へ向かった。モルドレッドを攫うと決めたようだ。そのモルドレッドはマーリンの術で気絶している。

「う、うう……」

グィネヴィアが苦しそうに瞼を開ける。美しいブルネットの髪は乱れていて、ドレスはラフランから王都までの旅路であちこち汚れていた。グィネヴィアは皆が自分を見つめている様子、辺りの風景から異変が起きたと察した。

「わ、私……また……」

マーハウスの手を押しのけ、グィネヴィアは地面にへたり込んだ。

マーリンは横に生えていた薔薇の蔓に手をかけ、ナイフで切った。そして長い蔓を手前に引き抜く。マーリンは薔薇の蕾がついた蔓に杖を当て、歌うように呪文を唱えた。

「わっ」

マーハウスが目の前に飛び出てきた蔓に驚き、顔を引っ込める。蔓はまるで生きているかのようにグィネヴィアの手に絡みつき、両方の手首を縛り上げた。

「な、何をするの⁉」

グィネヴィアは甲高い声を上げて、縛り上げられた両手を見た。

「こんな……っ、こんな罪人のような扱い、許しません！　マーリン、あなた私に何をしているか分かっているの⁉」

烈火のごとく怒り狂い、グィネヴィアがマーリンに食ってかかった。姫として生まれて以来、ずっと丁重に扱われてきたグィネヴィアにとって、両手の拘束は憤飯ものだ。グィネヴィアが手首に巻きついた蔓を外そうともがくほど、蔓はきつく締めあげ白く細い手首には血が滲む。蔓には棘があるのだ。

「この国にとって、あなたはもっとも危険な存在だ。殺されないだけありがたいと思ってもらいたいものですね。あなたのせいで塔はぐちゃぐちゃだ」

マーリンは冷たい視線をグィネヴィアに向け、破壊された塔を顎でしゃくった。モルガンの火の玉によって塔の入り口は崩壊している。

「マーハウス、モルドレッド王子を地下牢に。他に隔離する場所がない」

ランスロットは倒れているモルドレッドを見下ろし、重々しく命じた。モルガンはモルドレッドを連れ去ろうとした。モルドレッドを利用しようとしたことは明白だ。ランスロットの指示をマーハウスはすぐに実行に移す。

「これを解きなさい！　マーリン‼」

グィネヴィアはヒステリックに叫び、両手を振り回している。

「ランスロット！　どうして私を助けないの⁉　あなたはこんなひどい真似を許すの⁉」

マーリンの心が一ミリも動かないのを見て取ると、グィネヴィアはランスロットに向かって声高に叫ぶ。

「姫……、憑依の術は解けているとのこと。モルガンをご自身の中に招き入れているのは、あなたなのです」

ランスロットはあえて無表情で述べた。心を鬼にしなければならず、つらそうだ。

「私が……!?」

グィネヴィアはありありと不満を顔に表した。彼女にとっては受け止めきれない事実だろう。

マーリンが憑依の術について説明したが、納得いかない様子だ。

「そんなの嘘よ、私がモルガンを……ありえないわ、私が……」

グィネヴィアはよろめくように立ち上がると、キッと眦を上げた。

「そうだとしても、その原因はランスロット、あなたでしょう!? 私がこんなに苦しんでいるのは、全部あなたのせいなのよ! どうして私ではなく、樹里を選ぶの!? アーサーと婚姻した男よ!? 私のほうが何倍も美しいし、家柄もいいわ! 私が選ばれない理由が分からない、理解できない!!」

感情が爆発したように、グィネヴィアは叫んだ。グィネヴィアはプライドが高いせいもあって、こんなふうに人前で怒鳴ることなどなかった。まして本音を口にするなんてありえない。彼女らしからぬ様子で取り乱し、怒りに肩を震わせている。ここに女性の一人でもいればグィネヴィアを宥めてくれたかもしれないが、あいにく男しかいない。誰もがグィネヴィアのヒステリックにたじたじとなるばかりだった。特に樹里はこの場から走って逃げ出したい気分に囚われていた。

「姫、私は……」

ランスロットはグィネヴィアに近づこうとした。けれどそれより早く、マーリンが杖を振りかざした。

「う……っ」

グィネヴィアの手首に巻きついていた蔓は、肘の辺りまで伸び、やがて首に巻きつき始めた。ぎり、とグィネヴィアの首に蔓が食い込んだのが分かって、樹里は青ざめた。

「キーキーうるさい姫だ。あなたなど、どうでもいい。モルドレッドの隣の地下牢に入れてやろうか」

マーリンは氷のような眼差しをグィネヴィアに向けた。グィネヴィアの頬に朱が走り、憎々しげにマーリンを睨みつける。

「さすがにそれはやりすぎでは……マーリン殿」

ユーウエィンが顔を顰める。マーリンはこの場を早く収めたいのだろう。恋だの愛だのを語るグィネヴィアを軽蔑している。恋愛感情が理解できないマーリンにとって、これは茶番でしかないのだ。

マーリンはグィネヴィアを無視した。すると、苦痛に喘ぎながら、グィネヴィアが肩を落とした。一瞬、またモルガンが憑依したのかと焦ったが、そうではなかった。

「——分かったわ」

グィネヴィアが低い声で呟く。その声の調子がいつもと違ったので、その場にいた誰もが動きを止めた。

「ランスロットは諦めましょう。その代わり——私、モルドレッドと婚姻するわ」

昏い笑みを浮かべ、グィネヴィアがとんでもないことを言いだした。マーリンは一瞬ぽかんとし、次には憎悪を湛えた眼差しでグィネヴィアを見据えた。

「私、モルドレッドと婚姻して、王家の子を産むわ。そうしたら、私の子が次のキャメロットの王ね。ランスロット、私をここまで追い詰めたのはあなたよ？　マーリン、嬉しいでしょう？　あなたが疎んでいるモルドレッドの子が、次期国王になるのよ。アーサーが守ったこの国を治める王にね」

　グィネヴィアがマーリンを嘲笑う。樹里は睨み合うマーリンとグィネヴィアをただ見つめることしかできなかった。マーリンは今にも杖を振って、グィネヴィアを絞め殺しそうだった。グィネヴィアの言葉が信じられないというように、ランスロットは固まっている。

　グィネヴィアの感情はこじれすぎて、今や愛よりも憎しみのほうが勝っている。このままじゃ駄目だと樹里は焦燥感を抱いた。一丸とならなければならない時なのに、内部から崩壊しかけている。グィネヴィアの心はそれほどまで闇に堕ちてしまったのだろうか。王子とはいえ罪人となったモルドレッドと結婚してもいいと言うほどに。

「――やめとけ。あなたにそんなことできないよ」

　張り詰めた空気を和らげたのは、背後から聞こえてきた明るい声だった。振り返ると、トリスタンが立っている。

「好きでもない男に抱かれるなんて、君にできるの？　お姫様。そんなことをしたらあなたの心は蝕まれて、今以上にぼろぼろになるよ」

　トリスタンは優しく言い、グィネヴィアに近づくとその耳元で何か囁いた。するとグィネヴィアの頬がカッと熱くなり、ぶるぶる震える。次には大粒の涙がこぼれ落ちて、樹里たちはたじろいだ。

「……分かって、る、わよ……っ、でも、でもじゃあどうすればいいの、私はこんなにランスロットが好きなのに……っ」

グィネヴィアははらはらと涙をこぼしながら、膝をついた。グィネヴィアから剣呑な空気が消え、マーリンもわずかに緊張を解いた。グィネヴィアは声を上げて泣きだした。子どもみたいに泣くので、ユーウエィンがたまらずにその肩を抱く。

トリスタンは両手を広げて肩をすくめると、ユーウエィンの肩を叩く。

「姫を部屋に連れていったら？　今ならマーリン殿も地下牢とは言わないだろうし。ね？」

シニカルな笑みを浮かべ、トリスタンが促す。マーリンは冷酷な目でトリスタンを睨んだが、行けというように手を振った。

グィネヴィアが素直に歩きだしたことで、場が動き始めた。ユーウエィンはグィネヴィアを王宮へ連れていく。マーリンが巻きつけた蔓はしばらくグィネヴィアを拘束することになった。モルガンが憑依しないようにしっかり見守ると、ユーウエィンは言った。

「貴様、どこへ行っていた」

ユーウエィンたちがいなくなると、マーリンはじろりとトリスタンを睨みつけた。

「いやぁ、さっきからいたけど、何だか出づらくて」

トリスタンは明るい調子で言う。

「マーリン殿がお二人を殺しかねない様子だったから、つい口が出た」

　笑っているが、トリスタンの言う通りちょっと危ない状況だった。マーリンは邪魔者はすぐに始末したがる。勢いでグィネヴィアとモルドレッドを殺しかねない。トリスタンは会って間もないのにマーリンをよく理解している。

「ふん。モルドレッドなど、いても何の役にも立たない。死んだほうが飯代が浮いてよほど経済的だ。モルガンに利用されるくらいなら、さっさと処刑すべきだ」

　マーリンはトリスタンに本音を口にする。そういうわけにもいかないことも分かっているだろうが。

「グィネヴィア姫には王族の子を産む義務があるから生かしておく価値はある。アーサー王の子が生まれても、相手が必要だ。王族にはふさわしい家柄というものがある。そう思っていたが、まさかモルドレッドを持ち出してくるとはな。本気でモルドレッドと婚姻するつもりなら、今度こそ容赦しない」

　マーリンがあまりにも明け透けに語るので、トリスタンにどう思われるか樹里はハラハラした。

「アーサー王の御子は今どこに？」

　トリスタンに聞かれ、樹里たちは口をつぐんだ。

「アーサー王は亡くなったが、御子はどこかにいるんだよね。しかしラフラン領にも王都にもいらっしゃらないような……？」

　トリスタンは興味深そうに樹里たちを見回す。使者として世継ぎの問題は重要調査項目なのだろう。

「分かってる。明かせないんだろう？　勝手に調べるからご心配なく」

そう言うなり、トリスタンは城に向かって歩きだした。マーリンは塔を少し調べるためこの場に留まり、ランスロットは騎士たちを集めると中庭に去っていった。樹里は急いでトリスタンに追いつき、その顔を覗き込んだ。

「なぁ、俺が炎に巻かれた時、助けてくれたのお前だろ？」

樹里はずっと聞きたかったことを尋ねた。あの時、水の精霊が樹里の炎を消し去ってくれた。だとしたら、トリスタンはずいぶん前からここにいたことになる。

「さぁ。でも、ご無事でよかった」

トリスタンはにこやかに笑うのみで、是（ぜ）とは言わなかった。何を考えているのかいまいち分からない。

（それよりもグィネヴィア……だよな）

樹里は子どものように泣いていたグィネヴィアを思い、憂鬱（ゆううつ）になった。

グィネヴィアの問題を片づける一番の方法は、ランスロットがその想いに応えることだ。樹里はランスロットに忠誠を誓わせた。樹里が命じれば、ランスロットはグィネヴィアの想いを受け入れるかもしれない。

（でもそれは……ひどい真似だよな）

自分を狂おしく想うランスロットに別の女性を愛せなどというのは、残酷な真似だ。

どうすればいいのだろうと樹里は途方に暮れた。

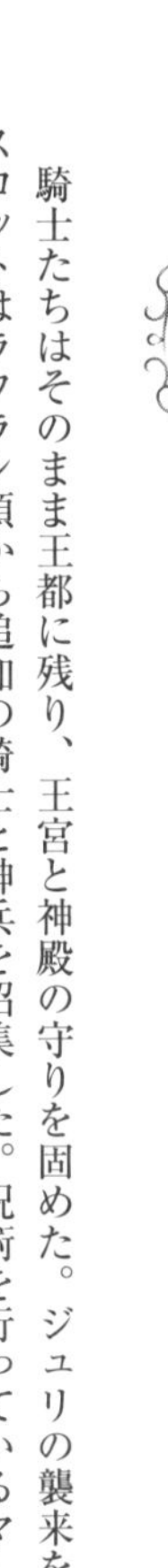

7 それぞれの想い

Each Desire

騎士たちはそのまま王都に残り、王宮と神殿の守りを固めた。ジュリの襲来を懸念して、ランスロットはラフラン領から追加の騎士と神兵を招集した。呪術を行っているマーリンの話では、ジュリを仮死状態にする魔術が完成するまでに最低あと十日は必要だそうだ。一番いいのはジュリが来ないことだが、マーリンが各地に放っている鳥からの連絡で、その可能性は低いことがはっきりした。

「ジュリは、すでにケルト族の村を出発して王都を目指している。グリグロワの報告によると、数名のケルト族を伴い、馬で移動している」

マーリンは顔を顰（しか）めた。その中にはグリグロワも含まれているそうだ。ジュリはモルガンから神殿のアーサーの遺体を破壊するよう命じられたに違いない。

「高台に兵を置きましょう。ジュリが現れたら合図をさせます」

ランスロットは隊長として闘いの準備を始めた。王都から離れた位置にある高台に監視の兵を配備し、王都に向かう道の途中には検問を置くなど、王都が崩壊する前の状態に近い守りを敷いた。マーリンは王都に結界を張り、魔術が使われた形跡があったらすぐに感知できるようにした。

グィネヴィアは今のところモルガンに憑依される様子はない。手首の拘束はそのままだったので、侍女もいないグィネヴィアは神官であるリリィによって食事を与えられている状態だ。リリィ曰く、不満は爆発寸前だという。

　モルドレッドは意識を取り戻し、地下牢でおとなしくしている。見張りの兵を懐柔しようとあれこれ囁いてくるらしいが、「俺こそ本物の王だ」とか「王になった暁にはお前を召したてる」という非現実的なものばかりで見張りの兵たちはうんざりしているようだ。

　樹里は神殿で神の子としての務めを果たしつつ、中庭に作られた菜園を手伝った。騎士が大勢やってきたため、食料の調達が急務になっていた。ラフラン領から物資を運んでいるが、早急に畑を広げることも考えなければならない。

「樹里様、私が運びましょう」

　籠に詰め込んだ穀物を厨房に運んでいた樹里は、ガラハッドに声をかけられた。ガラハッドは浮かない顔つきで樹里に近づいてくる。

「どうしたんだ？」

　ガラハッドは樹里の代わりに穀物の入った籠を持つと、人目を気にしつつ顔を寄せてきた。

「樹里様、実はおかしな場所でトリスタン殿を見かけました」

　ガラハッドは眉間にしわを寄せて切り出す。

「王宮の奥のほうに行かれる姿を見たので、気になって後をつけたのです。するとトリスタン殿は宝物庫に入っていって……」

樹里は目を見開いた。宝物庫は王宮の奥にある。貢物や年代物のお宝が保管されている部屋で、入るには王の許可がいる。この場合、アーサーは亡くなっているので、王妃である樹里の許可が必要になる。なにより鍵もかかっていて、簡単には入れない。

「まさか……何か盗みに？」

信じられなくて小声で聞いた。

「私もそう思ったのです。そもそも宝物庫には鍵がかかっておったはずです。だが、トリスタン殿はまるで鍵などないかのように入っていったのです。何か盗んできたら捕まえてやろうと扉近くに身を潜めていたのですが、出てきたトリスタン殿は何も持っていませんでした。念のため中に入って何か盗まれていないか確かめようとしたのです。しかし、鍵がかかっていて入れませんでした」

トリスタンが宝物庫に忍び込んだ——何か探しているのだろうか。

「樹里様なら宝物庫に入れますよね？　何も盗まれていないか確認してみるべきではありませんか？」

ガラハッドは心配そうだ。鍵は王宮の保管庫にある。

「分かった、すぐ調べるよ」

樹里は穀物の運搬をガラハッドに頼み、王宮の中庭にいるマーリンを探した。マーリンは騎士一人一人に魔術を防御するための術をかけて回っている。マーリンは敵が来る時のためにあらゆる手を尽くしているのだ。

「マーリン、ちょっといいか？」

樹里は魔術をかけ終えたマーリンを建物の陰へ誘った。宝物庫に何がどれだけあったか樹里には分からない。マーリンなら何か上手い確認方法があるのではないかと思ったのだ。

ガラハッドが目撃した話を伝えると、マーリンは目を眇めた。

「うさん臭いと思っていたが、やはり何かあるな、あの男」

マーリンはとりたてて怒った様子もなく呟いた。気のせいか納得いったような顔つきだ。

「本人に直接聞くのはまずいよな。本当のことを言うとも思えないし」

「他国の使者だ。何か探していたのかもしれない。この国に伝わる宝物を」

マーリンは鼻で笑う。まだそれほど長いつき合いではないが、トリスタンが金目当てで宝物庫を漁るとは、樹里には思えなかった。金に対する執着があるようにも見えない。けれど使者として差し向けたエストラーダの王は違うかもしれない。キャメロットに伝わるお宝を持ち出せと命じられていたら——。

樹里の考えを話すと、マーリンはすっきりした様子で頷いた。

「その可能性はあるな。我らと懇意になり油断させて盗む気なのかもしれん。そもそもなんの見返りもなく我々を助けるところが怪しい」

マーリンの辞書に善意という言葉はない。

樹里は王宮にある保管庫に行き、鍵をとってきた。鍵の保管場所は魔術がかけられていて、アーサーが亡くなった今、樹里とモルドレッドしか開けられないようになっている。樹里とマーリンはその足で宝物庫に行った。

「ここにも一応魔術がかかっているのだが、魔術で扉を開けた痕跡はない……」

宝物庫の扉の前でマーリンは眉根を寄せた。王家の者以外は扉を開けられないという術がかかっているらしい。念のため確かめると、鍵はしっかりかかっている。トリスタンはどうやって開けたのだろう？　エストラーダには特殊な魔術が存在するのだろうか。

樹里は鍵を使って宝物庫を開けた。

「どうだ？　マーリン、何か分かるか？」

樹里は棚や壁に飾られた財宝を見回して言った。黄金の冠や宝石で飾られた剣、杯、織物など王家に伝わる宝物が並べられている。樹里は年季の入ったものはどちらかというと苦手だ。黄金の冠があっても呪われそうな気がして触る気になれない。

「……トリスタンが調べていた気配がある」

マーリンは棚をぐるりと見て回り、首をひねった。

「だが、何も盗んでいないようだ。……奴め、一体何を探していた？」

マーリンは気に食わないと言いたげに腕組みをした。何も盗まれていないならよかった。単に下見をしただけとか？　何にせよ、宝物庫もちゃんと守らなければならない。

「とりあえずよかった。トリスタンには監視をつけているんだけど、いつも撒(ま)かれちゃうんだよなぁ」

宝物庫から出ると、樹里は肩の力を抜いた。

「魔術を強化しておこう。次に入ろうとしたら、手痛い目に遭わせてやる。しかし……何か引っかかるな」
扉に魔術をかけ、マーリンは考え込む。トリスタンは何を探していたのだろう？　疑問だけが残った。

五日後、追加の騎士三十名が、その二日後には五十名の騎士が城に辿り着いた。受け入れは滞りなく進み、王都にはわずかながら活気が戻ってきた。騎士たちは小麦を大量に運んできてくれたので、しばらく飢える心配はなさそうだ。騎士の一人が本物のマーリンから封書を預かってい
て、分身のマーリンが目を通して表情を曇らせていた。分身の身でも遠くにいると互いの思考は伝わらないらしく、手紙というアナログな方法で連絡を取り合っている。本体のマーリン曰く、分身が殺された時は、かけていた電話が切れたような感じになるので分かるそうだ。
騎士の一人はサンからの手紙を預かっていて、樹里は微笑みながら目を通した。サンは自分も王都に向かうと申請したが、戦闘が予想されたので却下されたと怒っている。自分を呼び寄せるよう言ってくれと手紙に書いてあるが、ジュリとの闘いがどうなるか分からないから、サンには安全な場所にいてもらうしかない。
厨房で芋の皮むきを手伝っていると、ユーウェインが神妙な面持ちで現れた。

「樹里様。申し訳ありません。グィネヴィア姫が樹里様を呼んでほしいと……」

樹里は顔を引き攣らせて固まった。厨房は熱と湯気があふれている。樹里は神官のリリィや老人と共に騎士たちの食事を作っていた。量が多いので大変なのだ。

「ろくな用事じゃないよね」

行きたくなくて樹里は目を逸らした。あれからグィネヴィアはずっと部屋に閉じ込められているから、樹里に会いたいという理由がいいものであるはずがない。今は話す気分になれなくて、断る口実を探した。

「どうか、一度だけお願いします。姫にしつこく頼まれて、断り切れません。私も傍にいて、姫が暴走するようなら止めますから」

ユーウエィンが頭を下げて頼み込んでくる。ユーウエィンはずっとグィネヴィアの傍にいた。地下牢は可哀想だと、強硬派を説得したのもユーウエィンだ。ユーウエィンはグィネヴィアに好意を持っているのかもしれない。

「……分かったよ」

樹里はため息をこぼしてナイフを置いた。行きたくなかったが、苦楽を共にしたユーウエィンの頼みでは断れない。それに彼女とは一度話すべきだと思っていた。恨み言を聞くのは嫌だが、樹里に文句を言うことでストレスが緩和すれば少しは前向きになるかもしれない。

(苦手なんだよなぁ……女の子相手じゃ言い返すと百倍で返ってくるし)

相手が男性なら殴り合いの喧嘩もできるが、女性相手ではそれはできない。口では敵わないというのは母相手で身に沁みている。

気は進まなかったが、樹里は仕方なくユーウエィンと共にグィネヴィアの部屋に向かった。

「姫、樹里様をお連れしました」

ユーウエィンはドアをノックし、中にいた騎士と交代した。グィネヴィアの部屋は女性らしい柔らかい雰囲気で、織物や花が飾られている。グィネヴィアはベッドに腰を下ろしていた。その手首や首には、棘（とげ）のある蔓（つる）がぐるぐると巻きついている。グィネヴィアの白い首は憐（あわ）れにも傷だらけだ。

「樹里。来てくれてありがとう」

いきなり怒鳴りつけられるのではと覚悟していた樹里だが、グィネヴィアは静かに話し始めた。

「いや……、あの」

樹里が扉の前から動かずにいると、グィネヴィアがゆっくりとした足取りで近づいてきた。ユーウエィンは樹里の隣に立ち、いつでも動けるように身構えている。

「樹里……、どうか、どうかお願い」

グィネヴィアは樹里の前に来ると、いきなり膝を折った。思いがけないグィネヴィアの行動に樹里はびっくりして身を引いた。

「お願い……、私にランスロットを譲って……っ」

グィネヴィアは泣きながら頭を下げてきた。あの気位の高いグィネヴィアが膝をつくなんて信じられなかった。人を跪（ひざまず）かせることはあっても、その反対など考えられない。ユーウエィンも動揺を隠せずに「姫様……っ」とグィネヴィアを立たせようとする。

「私にはランスロットしかいないの……っ、あなたはアーサーと婚姻して子どもまでできたでしょう？　私には何もない、ランスロットと婚姻できないなら死んだほうがましです」

ユーウエィンの手を振り払って、グィネヴィアは涙ながらに訴えてきた。これなら恨み言を言われたほうがまだよかった。樹里は言葉もなくグィネヴィアを見下ろすことしかできなかった。

「ランスロットは領主だから世継ぎが必要なはず、私と婚姻すれば王家との繋がりも強くなるわ。私はランスロットのためなら何でもする、だからどうか……っ、私にランスロットを譲って……っ」

グィネヴィアは何度もそう言った。樹里はいたたまれなくなり、じりじりと後退した。

「グィネヴィア、ランスロットは俺のものじゃない」

樹里はこれ以上グィネヴィアの涙を見たくなくて、目を逸らした。

「俺に言われても困るよ……」

樹里は扉に手をかけてユーウエィンを窺った。ユーウエィンはグィネヴィアを支えながら、行っていいというように頷いた。部屋にはグィネヴィアのすすり泣きが響いている。

「いいえ、ランスロットはあなたのもの……、お願い、樹里。どんなことでもするから」

グィネヴィアが泣き濡れた顔を上げて言う。その瞳を見ていられなくて、樹里は無言で部屋を飛び出した。

廊下を走りながら速まる鼓動を厭わしく思った。グィネヴィアは心からランスロットを愛している。あれほど想われているとランスロットは知っているのだろうか。重苦しいもので胸がいっぱいになった。

ランスロットの想いに応えられない自分にとって、熱い想いを訴えてくるグィネヴィアは罪悪感を呼び覚ます。はっきりしない自分が一番駄目な奴に思えてくる。

（どうしよう……）

樹里は憂鬱な気分で廊下を歩いた。行くんじゃなかった。グィネヴィアの狙いが樹里を苦しめるつもりならそれは成功している。

ランスロットは領主として世継ぎを残さねばならないと、グィネヴィアは言った。今はこんな状況だからあまり考えていなかったけれど、ラフラン領にいる領民たちも皆それを願っているだろう。ランスロットは多くの時間を王都で過ごしていたが、ラフラン領に帰れば領主という立場なのだから。

悶々と考え続け、樹里は城の中庭を当てもなく歩いた。白い薔薇が美しく咲き誇っていて、薔薇園は今が見ごろだった。薔薇園のベンチに腰を下ろして、樹里は空を見上げた。日は暮れかかり、真っ赤に染まった空がどこまでも続いている。空だけ見れば、キャメロットは平和そのものだ。

「樹里様」

ぼけっとしていると、背後から声をかけられて、樹里はびっくりして飛び上がった。振り返るとランスロットが樹里に近づいてくる。訓練中だったのか、ランスロットは甲冑を着ている。

「申し訳ありません。驚かせてしまいましたか？」

今は会いたくなかった。ランスロットと遭遇するとは、ついていない。樹里は視線をさまよわせてベンチに座り直した。

「マーリン殿が今夜話したいと……樹里様？」

ランスロットは樹里の前に来ると膝を折り、樹里の顔を覗き込む。察しのいいランスロットは樹里の様子がおかしいことに気づいている。隠しても無駄だと思い、樹里はランスロットを見つめた。

「ランスロット、……グィネヴィアの気持ちに、応える気はないか？」

ランスロットの顔が気色ばみ、無言で立ち上がる。ランスロットはしばらく茂みに目を向けていたが、黙って樹里の隣に腰を下ろした。

「それは命令ですか？」

憂いを帯びた眼差しで言われ、樹里はぐっと胸を締めつけられる。命令だと言えばランスロットは聞くのだろうか。もし樹里が命じれば――。

それは絶対にしてはいけないことだ。自分の都合で他人の心を自由にしていいはずがない。樹里は両手で顔を覆った。

「グィネヴィアに泣かれた。お前を譲ってくれって。お前は俺のものじゃないのに」

自分でも自分の気持ちが分からなくなり、樹里はうなだれた。

「私はあなたのものです」

躊躇（ちゅうちょ）なく答えるランスロットに、樹里は急いで首を振る。

「違う。忠誠は誓わせたけど、俺のものじゃない。そういうこと言うなよ、ますます自分が嫌になる」

自己嫌悪にかられながら言うと、ランスロットはかすかに顔を歪め、樹里の手を握った。

「……忠誠を誓うということは、あなたの命令すべてに従うということです。私はあなたの臣下なのです。もしあなたが命じるなら、私は従うしかない」

ランスロットにきっぱりと言い切られ、樹里は身を硬くした。樹里はランスロットに自分と子どもに忠誠を誓わせた。それは軽いものではない。ランスロットはあの時、自分の身をすべて委ねると断言したのだ。

ランスロットの燃えるような瞳が樹里を見つめている。もし樹里がグィネヴィアとの婚姻を命じたら、ランスロットの心は深く傷つくだろう。それでも命令には従う――ランスロットにとっての誓いとはそれほど重いものだからだ。

（俺はランスロットとグィネヴィアにくっついてほしいのか？）

樹里は心を乱しながら、自身に問うた。

（俺自身はどう思っているんだ？）

今まで考えないようにしてきたこと――アーサーを喪（うしな）ってからそういう感情を誰かに持つのはよくないと自分に言い聞かせてきた――樹里はランスロットの手を離して、逃げるように腰を浮かした。

「樹里様……」

ランスロットは大切だ。大切でなければ、モルガンの城まで助けに行ったりしない。だがランスロットの想いに素直に応えることはできなかった。自分の中にはまだアーサーがいて、裏切っているような気分になるからだ。自分が生きている間にアーサーが復活することはない。新しい恋人ができても、誰も自分を責めないだろう。それは分かっている。それでも樹里は踏ん切りがつかなかった。

(母さん。母さんは父さんが死んだ後も再婚しなかった。どんな気持ちでいたんだ?)

樹里は遠く離れた母を思った。樹里は母が好きだったし、子どもなりに母を守ってきた。再婚しないで亡き父を想い続ける母を、樹里は誇りに思っていた。自分の中には母の姿が正しいという思いがある。

(俺といる限り、ランスロットだってアーサーを忘れられない)

グィネヴィアと婚姻したほうがランスロットは幸せになれるのではないか。グィネヴィアは心の底からランスロットを愛し、尽くすだろう。これ以上ない良縁に領民もキャメロットの民も喜ぶはずだ。今は自分を好きでも、一年後、五年後、十年後と、人の気持ちは変化する。長い目で見れば、ランスロットはグィネヴィアと婚姻したほうがいい……のではないか。

「……ランスロット、お前に命じる」

樹里はランスロットに背中を向け、声を絞り出した。

「グィネヴィアの気持ちに応えてくれ」

声がかすれてしまったが、樹里は決意した。背後でふっと剣呑な気配を感じ、腕が引き寄せられた。ランスロットは顔を歪め、何か言いたげに樹里を見つめていた。ランスロットが憤(いきどお)りを覚えているのが伝わってきた。

「これは命令だ」

樹里は決別するようにランスロットの腕を振り払い、この場から立ち去ろうとした。ランスロットをこれ以上見ていたくなかった。これが正しい道だ、これでよかったんだと自分に言い聞かせる。

「あなたは残酷だ」

ランスロットの呟きが背中越しに聞こえてきたが、樹里は聞こえないふりをしてその場を去った。

ランスロットに非情な命令を下した後、激しい自己嫌悪に苛まれた。

ひどいことを言った自覚はあった。忠実な騎士であるランスロットを苦しめている。思い出すと胸が痛くなり、涙が滲(にじ)む。人の心は自由なのに。分かっているのに、自分はランスロットに命令してしまった。

(どうしてこうなっちゃうんだよ……)

自室のベッドに寝転がり、樹里はむしゃくしゃして枕を壁に投げた。床に寝そべっていたクロがぎょっとして身を起こし、心配そうに樹里を見つめる。

「……ごめん」

樹里はベッドから起き上がり、壁際に落ちた枕を拾いに行った。物に当たるなんて、最低だ。こんな時、サンがいれば気持ちが落ち着くお茶を淹れてくれるのに。

悶々と考え込んでいたが、マーリンとの話し合いを思い出し、樹里はのそのそと部屋を出た。話し合いにはランスロットも加わるのだろうか。顔を合わせづらい。重苦しい気分で後ろからついてくるクロを振り返り、手招きする。

「お前は何も考えなくていいんだから、いいよなぁ」

クロの毛を撫でながら、樹里はぼそりと呟いた。クロは不満げに鼻を鳴らし、そっぽを向いた。

王宮の円卓の間に行くと、マーリンがすでに長椅子に座っていた。マーリンは卓上に地図を広げていた。地図上には木でできた人形が置かれている。マーリンの隣に腰を下ろすと、ややあってドアが開き、ランスロットが入ってきた。ランスロットは樹里が振り返ると視線を逸らした。今までそんなふうにされたことがなかったので、ショックだった。話し合いに呼ばれたのは樹里とランスロットだけのようだ。

「今日の報告をする。ジュリはこの地点まで来ている」

マーリンが木の人形を川の傍に配置する。

「王都までおよそ二日、というところですね」

ランスロットが無表情で述べる。もうそんな近くまで来ているのか。樹里は一気に緊張してマーリンを仰いだ。

「術が完成するには、あと五日はかかる。間に合わない」

マーリンにはっきり言われ、樹里は表情を曇らせた。

「どうするんだ？　どうにかしてジュリの足止めをしないと」

ジュリを三日足止めすることの難しさに、樹里は天を仰いだ。妖精の剣で追い払えるならいいが、ジュリも対策を練ってきているのではないだろうか。それにジュリはまともに闘う必要はないのだ。こっそり神殿に忍び込んで遺体安置所の扉を開ければ、それで目的は果たせる。

「ジュリとの全面戦争について考えねばならないだろうな」

マーリンは顎に手を当て、目を細めた。招集した騎士は百人あまり。ラフラン領にも兵を残さねばならない。ケルト族は数に入れないとしても、ジュリには強い魔術がある。しかも、ふつうの剣では歯が立たない。

「騎士たちの剣や弓には全て特殊な魔術を施しておいた。ジュリに剣は効かないが、それでも十回、二十回と斬れば防御が薄れるはずだ。とはいえ、その分の味方の損失は覚悟しなければならないだろう。相手はひとひねりで騎士を殺せる魔術を持っているのだから」

マーリンに淡々と語られ、樹里は暗い気持ちになった。ジュリと全面戦争――一番考えたくなかったパターンだ。マーリンによれば、ジュリに剣の攻撃が効かないのは、身体全体を防御の膜が覆っている状態だからだそうだ。魔術を施した剣で百回斬られれば、いくら何でも防御が薄まるだろうとマーリンは言う。気が遠くなるような話だ。

「それから私は闘いになったら、身を隠す。私には武器で闘う力はない。簡単にいえば、子どもと闘っても負けるだろう。走ったり剣を振るったり、相手の攻撃を避(よ)けるといった動作に適していない。枝に戻ったら終わりなので、安全な場所から後方支援をする」

　頼みの綱のマーリンが当てにならないと知り、樹里はますます暗澹(あんたん)たる思いだった。そういえば今、目の前にいるマーリンは一人で馬に乗ることさえできないのだった。魔術に特化している置き物みたいなものだと思ってほしいとマーリンはつけ足す。

「妖精の剣でどれほど防げるか分からない。あとは遺体安置所の扉にかけた封印をジュリが解けないよう祈るのみだ」

　マーリンは抑揚のない声で告げた。前途多難だ。ジュリに勝てる気がしない。

「何かいい話はないのか？」

　樹里は頭を抱えた。

「そうだな……。ジュリは自分の魔術に自信を持っているから、堂々と神殿にやってくるだろう。つまり正面突破をしようとする。神殿前で待っていればいいのだから、奇襲を案ずる必要はない」

　到底いい話とは思えなかったが、不意の襲撃に怯(おび)えなくてすむのは助かるかもしれない。

「マーリンはどう思う？　すべての騎士で挑んで、三日保(も)つのか？」

　樹里が不安げに言うと、マーリンは難しい表情で黙り込んだ。

「……本体の私がいれば話は変わるが、ここにはしょせん枝でできた私しかいない。ジュリを倒すことができるのはエクスカリバーだけで、たとえそれが使えたとしてもジュリを殺せば、樹里、お前も死んでしまう。はっきり言って、打つ手なしだ」

改めてジュリ攻略の難しさを痛感した。樹里とジュリは同じ魂を分け合っている。魔女モルガンはジュリが死んだ場合、代わりに樹里が死んでジュリが生き返れるよう術をかけたらしい。

「苦肉の策として、ジュリが王都に近づいたのを見計らって川を氾濫（はんらん）させ、足止めをするつもりだ。ジュリは急いではいない。迂回する道を選んで時間をかけてくれるのを願うしかない」

マーリンは地図上にある川の位置を示して、妨害行為をすると明かした。

するとそれまで黙っていたランスロットがおもむろに口を開いた。

「私に一つ考えがあるのですが」

マーリンが目を細めてランスロットを見る。樹里も顔を上げた。

「——呪いの剣を使えないでしょうか？」

呪いの剣、と言われて樹里は面食らった。呪いの剣とはアーサーを倒した剣だ。

「ジュリに、か？」

マーリンは、ふっと目を鋭く光らせた。ふつうの剣では傷一つ負わせることもできないが、呪いの剣ならもしかして——。

「なるほど。いい案かもしれない。確かにあの剣はモルガンが呪術を練り上げて作ったもの。ジュリを倒すことは理論上可能だ。万が一それで死んでも、アーサー王と同じように厳重に保管すれば、死んだことにはならない。つまり、樹里も死なずにすむ」

マーリンの声に力が入った。樹里は目を輝かせて身を乗り出した。

「だが――、問題がある。誰がそれを使う?」

マーリンは自分が興奮したのを恥じるように椅子の背もたれに背中を預けた。樹里も一気に希望がしぼむのを感じた。

呪いの剣は使い手を死に至らしめる。呪いの剣に触れただけの神兵が何人も死んでいるのだ。

「その役目――私に任せてはもらえませんか」

厳かな口調でランスロットが言いだした時、樹里もマーリンも言葉を失った。ランスロットは以前から考えていたようで、その瞳には一点の揺るぎもなかった。

「馬鹿な。ランスロット卿にそのような真似はさせられぬ。貴様は我が国の大事な戦力。今ここで喪うわけにはいかぬ」

マーリンは苛立ったように突っぱねた。樹里はランスロットを凝視していた。ランスロットが何を言っているのか分からない。ランスロットは樹里とは視線を合わさず、マーリンに向かって話している。

「ジュリ相手に一介の騎士では相手にならないでしょう。私なら妖精の剣を使って懐深くに入り込むことが可能です。それに――モルガンの城でクミル……いえガルダを見ました。ガルダは死んでおりませんでした。右手が使えなくなっていたようですが。いざとなれば、呪いの剣を使った後、私の右腕を斬り落とせばいい」

ランスロットは冷静に分析している。マーリンもすぐには反論できず、ランスロットを見つめている。確かにガルダは生きていた。右手が石化していたのは、おそらくモルガンが何らかの術を施したのだろう。

「――絶対に駄目だ！」

樹里は黙っていられず、卓上を大きく叩いて立ち上がった。無茶を言いだしたランスロットに怒りを覚えていた。自分のことなどどうでもよいと思っているのだろうか？　呪いの剣を使った後に腕を斬り落とせだって？　出血多量で死んだらどうする気だ。

「俺は反対だ！　ランスロット、馬鹿なことを言うんじゃない!!」

ランスロットを怒鳴りつけると、静かな眼差しで見つめ返された。

「ですがジュリを倒さねば、未来は拓(ひら)けません。モルガンとジュリ、両方が攻めてきたら、我々にはなす術がない」

樹里はぐっと唇を嚙んだ。モルガンのもとからランスロットを助けたのは呪いの剣を使わせるためではない。今すぐランスロットを殴りつけたい気分だった。周囲の人間がどれほど傷つくか分かっていないランスロットの目を覚まさせたい。

「そうだ、マーリンがやればいいじゃないか？　枝なんだから、死なないだろう」

樹里はマーリンを振り返った。分身の身のマーリンが呪いの剣を使えば――とひらめいたのだが、マーリンは仏頂面(ぶっちょうづら)になった。

「先ほども言ったが、私に戦闘能力はない。目の前にジュリが倒れていて突き刺すだけというならできるが」

マーリンに蔑むように見下ろされ、樹里はがっかりする。上手い案だと思ったのに。

「ランスロット卿の言う通り、ここでジュリを仕留めることができたら未来に希望が持てる。モルガンの脅威は消えないが……、アーサー王を脅かす者が減るのだから」

マーリンは深く考え込む。まさか本気で実行するつもりか。樹里は拳を握った。

「ランスロットを失うかもしれないなんて絶対に駄目だ、俺は認めない！　たとえ運よく生き延びたとしても、右腕を失ったら——」

ランスロットはキャメロット一の名高い剣士なのに、弓矢も使えなくなるし、ふつうの戦闘だって困難になる。

「しかし他に確実な方法がありますか？」

穏やかに問われ、樹里は拳を震わせた。ランスロットがやけに落ち着いているのも腹立たしかった。自分の身体を何だと思っているのだろうか。

「一考してみよう」

その日の話し合いは終わった。樹里はざわめく心を落ち着かせることができなかった。ランスロットを失うかもしれないと考えただけで涙があふれでる。ランスロットの言い分も分かる。ここでジュリを仕留めることができなければ、キャメロットはより苦しくなる。マーリンだってどれだけ犠牲が出ようが、ジュリを仮死状態にする魔術を完成させるためにラフラン領に留まっている。

マーリンは石化したアーサーの身体を破壊されないために、ランスロットの犠牲もやむなしと考えるかもしれない。

樹里はどうすればいいか分からなくなった。すべてが悪い方向に動いているようだ。敵に先手ばかりとられて、身動きがとれずにいる。こんな時、アーサーならどうするだろう。そんなことばかり考えて、自分がほとほと嫌になった。誰かに頼ってばかりの自分、情けない自分に腹が立つ。

リリィの持ってきた食事にも手をつけず、樹里は部屋にこもって考え続けた。


気づいたら窓の外は暗くなっていた。樹里は暗い面持ちで部屋を出た。クロが何か言いたげに樹里の後をついてきたので、その背中に跨る。

樹里がどこへ行くと指示していないのに、クロは廊下を駆けだした。樹里はクロの背中にしがみついた。クロは階段を数段飛ばしで走り抜け、王宮を出た。一体どこへ行くつもりだろうと不審に思っていると、クロは騎士たちの宿舎に入っていった。

「ちょ……っ、クロ」

クロが足を止めたのは、ランスロットの部屋の前だった。よりによって一番行きたくない場所に連れてくるとは、どういうつもりだろう。呆れ果てていると、物音に気づいたのか扉が開いた。

「樹里様」

ランスロットは意外そうに目を瞠（みは）っている。すでに甲冑は脱ぎ、ゆったりしたドレープのある上衣にズボンという格好になっていた。

「……」

樹里はクロをじろりと睨（にら）みつけた。ランスロットは扉を大きく開け、「どうぞ」と中に招き入れる。入るつもりはなかったのに、クロがゆうゆうと入っていくので樹里も入る羽目になった。

騎士宿舎にあるランスロットの部屋に初めて入った。余分なものがほとんどない殺風景なものだった。ラフラン領の部屋には書物がけっこうあったが、ここには兵法の書物が数冊あるのみだ。ベッドやクローゼット以外、武具を置く台や甲冑を着せているトルソーしかない。騎士団第一部隊隊長として部屋は広いのに、一介の兵の部屋より飾り気がない。

「……その」

樹里はクロから下りると、床に視線を落として唇を尖（とが）らせた。ランスロットは剣の手入れをしていたようで、テーブルの上には二振りの剣が載っていた。

「怒ってらっしゃるのですか」

ランスロットは樹里のために水差しから杯に水を注いだ。テーブルの上に杯を置かれて、椅子に座るよう促されたが、すぐに帰るつもりだったので断った。

「怒ってるに決まってるだろ。何で、あんなこと言いだしたんだよ」

ここまできたら自分の気持ちをぶちまけるしかないと思い、樹里はランスロットに向かって不機嫌な声を放った。クロは喧嘩を嫌がるようにランスロットの寝台に飛び乗り、横たわる。

「以前から考えていたことです。モルガンやジュリを倒すための方法を……私は魔術は使えない。妖精の剣は人を殺すための剣ではない。行きついた答えが呪いの剣でした」

ランスロットはあえて感情を表さないように、努めて冷静に答えた。樹里の脇をすり抜けて、ランスロットは扉を閉める。

「だからって、お前が」

「樹里様。私は誰かにあの剣を使えと命じることはできません」

樹里の言葉を遮って、ランスロットがはっきりと言う。樹里はうつむいて、黙り込む。分かっている。ランスロットが部下を危険な目に遭わせて平気な人間ではないことを。死ぬと分かっている剣なら、自分が使うと言いだすのがこの男なのだ。

「だからどうして……っ、俺が……俺があんな命令をしたからか？」

樹里は地団駄を踏んで、ランスロットを睨みつけた。ランスロットの表情が曇り、黒髪が肩からこぼれる。

「俺がグィネヴィアと婚姻しろって言ったからじゃないのか？」

樹里がもやもやするのは、タイミングがよすぎるからだ。樹里がグィネヴィアとの婚姻を命じた後にあんなことを言いだすなんて……。

「だとしたら、どうなさるのですか？」

淡々と切り返され、樹里は半ば睨み合うようにランスロットと見つめ合った。そんな嫌がらせをするような男ではないと分かっているが、逆に問われると、樹里は何も言えなくなる。

たとえば、グィネヴィアと婚姻するくらいなら死んだほうがマシだとランスロットが言ったら、樹里はどうするのだろう。

（違う、そうじゃない）

樹里は目を伏せて、自分の髪をぐしゃぐしゃと掻き乱した。

そもそも命令自体が間違っていた。他人の幸せを自分が決めていいはずがない。人の心を勝手にどうこうできるはずがないのだ。

「……ごめん、あの命令は取り消す」

樹里は泣きたくなってきて、その場にしゃがみ込んだ。自分の愚かさがたまらなく嫌だった。苦しめたいわけではないのに、結果的に自分は周囲の人を苦しめている。

「悪かったよ……」

樹里が膝に顔を埋めて呟くと、ランスロットが膝を折って樹里の背中に触れた。

「樹里様、どうぞお顔を上げて下さい」

ランスロットの声はどこか困っているようだった。ランスロットの腕に引っ張られ、樹里はのろのろと立ち上がった。顔を上げると、ランスロットは憂いを帯びた瞳で樹里を見ていた。

「私こそ申し訳ありません。今日話したことは、以前から考えていたことです。モルガンを倒すために呪いの剣を使ってみてはどうかと——。けれどあの時に言いだしたのは、あなたへの意思表示も多少はありました。あなたが命じれば私は姫と婚姻するしかないでしょう。だが、愛のない婚姻はどちらにも不幸を招きます。だから命令を実行しないですませるために、予定より早く切り出した……それだけです」

ランスロットの真意が明かされ、樹里は息苦しくなる。

「仮に生き延びたとして、右腕を失った騎士を、グィネヴィア姫は望まないでしょう」

ランスロットは苦笑して告げた。それはどうだろうと、樹里は思った。グィネヴィアの愛情は本物だ。たとえ片方の腕を失ったとしても、ランスロットに対する愛情は損なわれないのではないか。そう思いつつも、樹里は否定しなかった。ランスロットの気持ちがここにきてはっきりと分かったからだ。

「ランスロット、お前はどうあっても俺がいいんだな？」

未来への幸せも、領民のために世継ぎを残すことも、すべて捨て去っても、ランスロットは自分を選ぶのか。樹里が振り向かなくても。何も手に入れられなくても。

樹里がじっと見つめると、ランスロットは瞳に強い意思を込めて見つめ返してきた。

「私が心動かされるのは、あなただけなのです」

ランスロットの囁きは、樹里の心の深い部分まで浸透した。

本当はずっと前から知っていた。ランスロットがアーサーを裏切り、樹里を助け出してくれた時から——ランスロットは樹里しか見ていない。樹里は何も与えていないのに。何一つ差し出していないのに、ランスロットはすべてを捧げてくれていた。

「樹里さ——」

樹里は背伸びしてランスロットのうなじを引き寄せると、その唇をふさいだ。驚いたようにランスロットの身体が震え、ついできつく抱きしめられる。ランスロットの唇が深く重なってきて、樹里は眩暈(めまい)を感じながらその熱に身を委ねた。

これ以上ランスロットを遠ざけることは無理だった。こんなに熱く自分を求める男を、拒否できない。

ランスロットは樹里の唇をきつく吸い、髪を乱した。息が乱れ、吸いついた唇がもっとというように深く重なる。ランスロットの腕が腰に回り、気づいたら抱き上げられていた。

「樹里様——いいのですか」

ランスロットは樹里を寝台に下ろして、熱い息を吹きかけた。ランスロットが寝台に乗り上げてくると、クロが場所を奪われて床にひょいと移る。ランスロットの息遣いが激しくなり、怖いくらいに強い瞳で見つめてくる。

「何も言うな」

樹里はランスロットの首に腕を回し、囁いた。それに応えるようにランスロットが樹里の唇を奪う。大きな手で身体を抱きしめられ、まさぐられる。ランスロットの感情が高ぶっているのが重なった身体から痛いほど伝わってきた。

「ん……っ、う」

息をする間もないほど唇が重なり、ランスロットの手が身体中を撫でた。触れては離れ、離れては触れる。唇がふやけそうなほど舐(な)められ、口内を舌で蹂躙(じゅうりん)された。

「樹里様……、樹里様……」

ランスロットは樹里の名を呟きながら、衣服に手をかけた。性急にズボンを下ろされ、上衣が捲り上げられる。下着を穿いていないので、あられもない場所がランスロットの前にさらされる。ランスロットは待ちきれないように、むきだしの樹里の下肢に顔を埋めた。

「俺のは……いいから、……っ」

ランスロットの口で性器を食まれ、樹里は赤くなって身悶えた。まだ萎えているそこにランスロットの舌が絡みつく。口でされるのは抵抗があって、樹里はランスロットの頭をおしやる。ランスロットは咽の奥まで呑み込むようにして樹里の性器を銜える。

「あ……っ、やめ、……っ」

ランスロットの寝台にかけられた敷布を乱し、樹里は浅く息をつく。ランスロットは樹里の性器をしゃぶりながら、両脚を広げる。ランスロットの髪が太腿を撫でて、ぞくぞくっとする。性器の裏筋を舐められて、息を喘がせると、ランスロットの指が尻のすぼみを撫でた。

「ん、ん……っ」

ランスロットは樹里の性器から顔を離すと、樹里の腰を持ち上げる。樹里の性器は口淫されて勃起していた。我知らず顔を赤くすると、ランスロットがより高く腰を掲げ、樹里の尻のすぼみに舌を這わせる。

「それや、だ……っ、恥ずかしい」

膝が胸につくほど折り曲げられ、樹里は抵抗した。嫌がっていると分かればやめてくれると思ったのに、ランスロットは樹里の声など聞こえないように、尻のすぼみを唾液で濡らし始めた。ぬるぬるとした感触が尻のすぼみから伝わり、気持ち悪いような、それでいて背筋に甘い電流が走るような変な感覚だった。

「や……っ、あ……っ、あ……っ」

ランスロットの舌が内部に潜り込んでくると、口から甘ったるい声が漏れた。ランスロットは性器を優しく扱きながら、ぬぐぬぐと舌ですぼみを広げてくる。

「はぁ……はぁ……、樹里様」

ランスロットは樹里の尻を唾液で濡らすと、長い指を差し込んできた。樹里がいやいやと腰をねじると、やや強引に押さえ込まれる。ランスロットは一刻も早く繋がりたいとばかりに、尻の奥を解してくる。

「逃がしません、今さら嫌だと言わないで下さい」

舐められて柔らかくなっていたそこに、直接的な愛撫が施される。ランスロットの指が奥をぐるりと撫でる。すぐに二本めの指が入ってきて、奥のしこりを重点的に攻め始める。

「あ、あ……っ、ん……っ、や、ぁ……っ」

両脚の自由が利かない体勢で内部をぐちゃぐちゃと弄られ、樹里は気持ちよくなって喘ぎ声を上げた。時々両脚がびくんと跳ねてしまったり、快楽を拾い上げるように力が入ってしまうのが恥ずかしくてたまらなかった。

「何度もあなたの夢を見ました……」

ランスロットは樹里の内部を掻き乱しながら、呻（うめ）くように言った。尻の奥をランスロットの長い指で犯され、性器が反り返っていく。性器から先走りの汁がとろりとあふれ出し、樹里は息を荒らげた。

「あなたをこの腕に抱けるなら、他には何も望みません」

熱い吐息を内腿にかけて、ランスロットが囁く。ランスロットの指は内部の襞（ひだ）を探り、広げるような動きをする。何度も指を出し入れされ、そこが柔らかくなっていくのが樹里にも分かった。

何より指では物足りなくなっていて、もっと太くて熱いモノが欲しくなっていた。

「ランスロット、も……いいから」

浅い息を吐きながら、樹里は濡れた眼差しを向けた。ランスロットが息を震わせ、樹里の身体から離れる。ランスロットは手早く衣服を脱ぎ去った。とっくに性器はそそり立ち、痛いほどに張り詰めている。

「樹里様……」

ランスロットは樹里に覆い被さり、激しくキスを繰り返した。急くように腰を持ち上げられ、脚を広げられる。

「ぁ……っ」

尻のすぼみにランスロットの猛った熱が押し当てられ、樹里は息を詰めた。ぐぐ、と怒張したモノが入ってくる。狭い穴を目一杯広げられ、全身の熱を高ぶらせる凶器に串刺しにされる。カリの部分が入ると、奥まで一気に埋め込まれた。

「ひ、あ、あ……っ」

樹里はぶるぶると震え、仰け反った。ランスロットの熱が奥深くにいっぱいになっていて、目がチカチカする。ランスロットの性器が大きすぎて、息も絶え絶えになる。

「樹里様……」

ランスロットは獣のような息遣いで、樹里に屈み込んできた。繋がった状態で唇を貪られ、樹里はとろんとした目で見返した。

「愛しています、樹里様……、あなただけを……私は」

ランスロットは痛みを堪えるように顔を歪め、樹里の唇を吸った。ランスロットがかすかに動くだけで、奥にある熱がじわじわと樹里を乱していく。生理的な涙が滲み、切れ切れに喘ぎ声が漏れる。

「苦しく……ないですか？」

ランスロットは樹里の唇を食みながら、乱れた息遣いで聞いた。

「ん……ちょっと、でも気持ち、いー……」

内部にいるランスロットの熱がどくどく脈打っていて、それだけで心地よくて身体が弛緩した。するとランスロットが困ったように笑い、樹里の首筋に吸いついていく。

「そんなことをおっしゃると……乱暴に、してしまいます」

ランスロットが腰をぐっと突き上げてきた。樹里は四肢を突っぱね、はぁはぁと息を喘がせた。

「あ……っ、はぁ……っ、は……っ、う、うう……っ」

ランスロットが腰を揺さぶり始めると、樹里は敷布に頭を擦りつけて甘い泣き声を上げる。ランスロットの性器で奥を突かれると、我慢できなくて甲高い声が漏れてしまう。繋がった部分が熱くて、重なってくるランスロットの熱い肌が心地いい。

「樹里様、樹里様……、あなたの中は……、熱くて蕩けるようです」

ランスロットが腰を律動させながら、乳首を摘み上げてくる。すでに尖っているそこに刺激を与えられて、樹里はひくんと腰を震わせた。

「や、駄目、それ……っ、あっあっ」

乳首を弄られながら腰を揺さぶられると、理性が飛んでしまうほど快感が高まり、樹里はいやだと首を振った。すると余計にランスロットが乳首を苛めてくる。

「ひゃ、ぁ……っ、あ……っ、ん、あ……っ、駄目、って」

樹里はいっそう激しい息遣いになって、足を引き攣らせた。乳首を摘み上げられ、ぐりぐりとされる。両方いっぺんにやられて背筋に電流が走った。

「駄目、だ、め、ああ、あ……っ!!」

乳首を引っ張られながら腰をぐっと突かれた瞬間、強烈な快楽が背筋を突き抜け、気づいたら性器から白濁した液体が噴き出していた。

「う……っ」

自分の中のランスロットの性器をきつく締めあげ、絶頂に達してしまう。樹里が身をそらして獣じみた息をついていると、ランスロットは低く唸って身を硬くした。

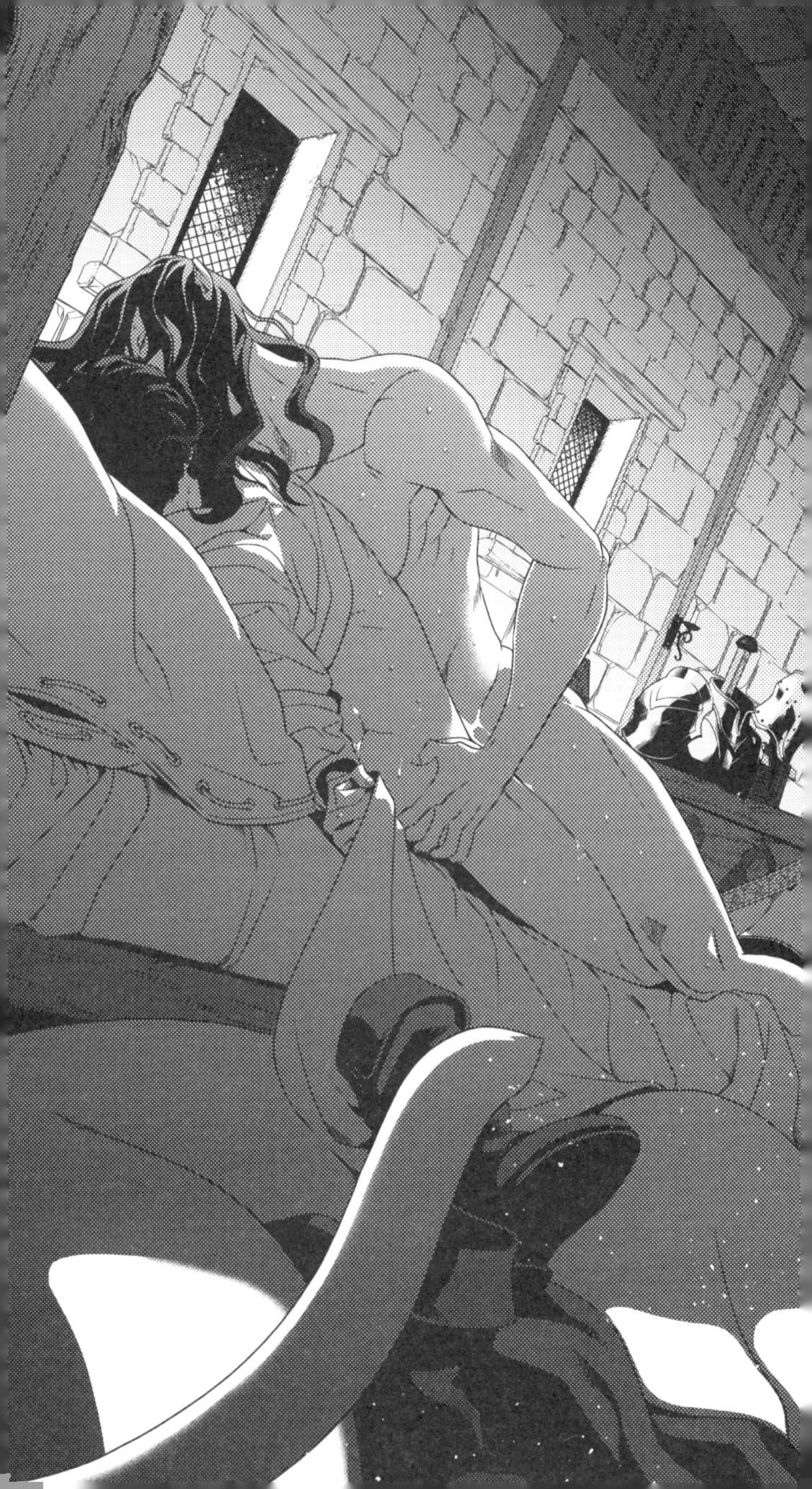

「持っていかれそうでした……」

ひくひく震える樹里の脚を撫で、ランスロットがはぁはぁと胸を上下させる。樹里は四肢から力を抜き、何度も呼吸を繰り返した。ランスロットはそんな樹里を情欲に濡れた目で見つめ、また両脚を持ち上げる。

「樹里様……、もっと乱れて下さい」

ランスロットが腰を突き上げながら言う。まだ呼吸が整っていないうちから内部を突き上げられ、樹里は苦しくて涙目で見上げた。ランスロットは煽られたように激しく内部を穿ち始めた。奥へ奥へと太くて熱い性器が入り込んでくる。ずぷずぷと出し入れする卑猥な音が部屋中に響き、樹里はさらなる快楽を引き出された。

「ランスロット、あ……っ、はぁ……っ、はぁ……っ」

ランスロットの腰の動きがどんどん速くなり、樹里の身体が激しく揺さぶられた。繋がった部分は火傷しそうなほど熱かった。やがてその動きがピークを迎え、ランスロットは深い奥に熱い精液を吐き出した。

「く、あ……っ、はぁ……っ」

ランスロットが息を詰め、樹里の脚を押さえつけて想いの丈を注ぎ込んでくる。どろりとした液体が浸透するのを感じ、樹里は腰をひくつかせた。互いに息が荒く、獣のようだった。ランスロットはすべてを注ぎ込むと、樹里に重なり、唇を求めてくる。ランスロットの愛情が唇を通して伝わってくる。もどかしげに樹里の髪を弄り、何度も唇を吸われる。

「あ……、は……っ、あぁ……っ」

ランスロットの性器が引き抜かれ、樹里はくぐもった声を上げて身を縮めた。ランスロットは息つく暇もなく、樹里から上衣を脱がした。全裸になった樹里の胸に、ランスロットが吸いついてくる。

「ん、や……っ、あ、吸わないで……っ」

乳首を強く吸われて、樹里はびくびくと震えた。舌で弾かれ、吸われ、甘く歯で噛まれると、身体の芯が熱くなる。ランスロットは乳首を執拗に弄ってきた。片方の乳首を唾液でぬるぬるにされ、もう片方の乳首を指で摘み上げられる。

「や……っ、あ……っ、も……っ、じんじん、する……ぅ……っ」

樹里は身をくねらせて呻いた。敏感になりすぎた乳首は、ささいな刺激にも深い快楽を生じさせる。もうやめてほしくて樹里が腕を突っぱねると、ランスロットは背中に回した腕に力を込めて逃さないようにする。

「このような場所で、そんなに乱れるのですか……」

ランスロットはつんと立ち上がった乳首を舌で弾きながら、愉悦を含んだ声でからかってくる。樹里の性器はしとどに濡れて、ランスロットの腹に押しつけられている。

「い、わないで……っ、あっ、あっ、噛んじゃ、だ、め……っ」

乳首を愛撫されて身悶える樹里に、ランスロットはさらに強い刺激を与える。尖った乳首を歯で引っ張られ、身体の奥が疼く。ランスロットの手が尻に回り、指先が秘奥に潜り込んでくる。

「あ……っ、はぁ……っ、は……っ、んん……っ」

ランスロットの指で内壁を探られ、樹里は甘ったるい声をこぼした。先ほどまでランスロットを受け入れていたそこは、ランスロットの出した精液でどろどろになっている。内腿に精液があふれ出て、ランスロットが指を動かすたびに卑猥な音をさせる。

「樹里様、もう一度……」

ランスロットは強引に樹里を反転させ、四つん這いにさせた。はぁはぁと息を喘がせながら顔を後ろに向けると、ランスロットが性器を尻のすぼみに押しつけてくる。ランスロットの性器は萎えることなく樹里を求めている。先端の大きな部分が再び入ってきて、樹里は仰け反った。

「あ、あ、あ……っ」

二度目の挿入は最初よりもスムーズだったが、その分奥まで潜り込んできた。怖くなるような場所まで犯されて、息が引き攣る。ランスロットは樹里の腰を抱え込み、ゆるやかに腰を突き上げてきた。

「あ……っ、は……っ、はぁ……っ」

穿たれるたびに嬌声が漏れる。寝台が軋み、樹里の身体が揺さぶられる。怒張したランスロットの性器は、樹里の奥を淫らにかき混ぜる。ぎりぎりまで引き抜かれ、一気に奥まで押し込められると、内壁が勝手に収縮してランスロットの性器を締めつけた。

「樹里様……ずっと繋がっていたい」

ランスロットは一度腰を引き抜き、体勢を変えて、樹里の身体を持ち上げると、座位の姿勢で樹里を抱え込んだ。正面で向かい合う状態で身体を繋がれ、樹里は汗ばんだ身体をランスロットに委ねた。

「愛しい方……、どうか私を愛して下さい」

ランスロットは膝の中に樹里を収めると、少し乱暴に腰を揺らしてきた。甘い電流が全身を襲ってくる。気持ちよくて息が乱れ、切れ切れに声が上がる。ランスロットは樹里の乳首を吸い上げた。

「ひゃ、ぁ……っ、あ……っ、それ駄目……っ」

音を立てて乳首を吸われながら腰を揺さぶられ、樹里は生理的な涙をこぼして喘いだ。銜え込んだランスロットの性器の形がはっきり分かるくらい、締めつけてしまう。ランスロットが気持ちよさそうな声を出し、樹里はぶるぶると震えた。

「イ……っ、っちゃ、う……っ、やだ、ああ……っ」

感度が高まりすぎて、鼻にかかった声になった。ランスロットは座った状態で腰を突き上げてくる。奥をめちゃくちゃに突かれて、樹里は我慢できなくなってランスロットの腕に爪を立てた。

「どうか一緒に……、はぁ……っ、はぁ……っ」

ランスロットも絶頂が近いのか、突き上げる速度が上がっていく。繋がった部分から濡れた音が漏れ、耳から刺激される。身体が熱くて、溶けるようだ。身体の奥にいるランスロットは膨れ上がって、腹を突き破って出てきそうで怖い。

「やぁあああ……っ‼」

快楽の波が狭まり、気づいたら精液を吐き出していた。爪先がぴんとなり、ランスロットの腹に白濁した液体がかかる。同時に銜え込んだ性器を締めつけ、それがランスロットの絶頂を促した。

「あ、く……っ、樹里様……っ」

ランスロットが端整な顔を歪め、ぎゅっと樹里を抱きしめる。深い奥にじわっと熱が吐き出されてきた。たくさんの精液が注がれているのが分かる。樹里ははぁはぁと息を喘がせ、身体をひくつかせた。

「ひ……っ、はぁ……っ、あ……っ」

ランスロットが身じろぎするたびに、身体がびくっと跳ね上がる。感度がよすぎて、一向に息が落ち着かない。

「愛しています、樹里様……」

ランスロットは樹里の唇をふさぎ、舌を潜り込ませてくる。ぐったりとランスロットに身体を委ね、樹里は必死に呼吸を繰り返していた。


ランスロットが樹里を解放したのは、夜が明ける頃だった。前に抱かれた時も思ったが、ランスロットは体力も精力も並外れていて、つき合う樹里はいつもへとへとになってしまう。抑え込んだ想いが爆発するからなのか、身体中に情事の痕を残すし、しばらく歩けないくらい体力を奪われる。

「それで……」

水で濡らした布で身体を拭(ぬぐ)いながら、樹里は重い頭をランスロットに向けた。窓から朝日が射し込んで、涼しい風が入り込んでいる。ランスロットのベッドで身体を拭(ふ)いている樹里を、ランスロットは傍で見守っている。最初はランスロットが清めていたのだが、樹里の身体を拭っているうちに興奮が蘇ってくるのか結局押し倒されてしまい、自分でやることにした。

「こういうことになったんだから、呪いの剣を使うとかなしにしてくれるんだよな？」

樹里が確認するように言うと、ランスロットが居住まいを正す。

「いえ、それは変わりません。どうやってもジュリを止められなかった時には、呪いの剣を使って倒すしかありません」

それまでの甘い空気が嘘のように、ランスロットが決然と言う。

「はああ⁉　どうしてそうなる⁉　グィネヴィアのことでやけになって言ったようなもんだろ⁉　こういう関係になったんだからもうやめろよ！」

樹里は怒鳴った。てっきりやめてくれると思っていたので、ランスロットの生真面目な顔に怒りが湧く。

「そのようなことは言っておりません。第一、アーサー王のご遺体を破壊させるわけにはいきません。そのためならこの命を投げ出す覚悟です」

頑なに否定され、樹里は持っていた布を投げつけたい衝動に駆られた。

「頑固者！」

樹里が怒っても、ランスロットは動じない。

「樹里様、私とてむざむざ死ぬつもりはありません。こうしてあなたを腕に抱くことができて、その想いはよりいっそう強くなっています。けれど主君たるアーサー王を守ることは騎士としての誓いです。それに……ジュリを今ここで止めなければ、どれだけの犠牲者が出るか。あなたを守るためにも、ジュリを止めなければ」

ランスロットは揺るぎない意思を込めた瞳で樹里を見つめた。言いたいことは分かるが、それでジュリを止められたとしてもモルガンはどうするのだ。片腕を失くして闘えるほど、モルガンは甘い敵ではない。両腕があっても敵わないような相手なのだ。

「……部屋に戻る」

樹里はこれ以上話しても埒が明かないと悟り、服を着てのろのろとベッドから離れた。

「あと、言っとくけど、俺たちの関係は皆に内緒だからな」

最後に釘を刺しておこうと、樹里は言った。

「え、今さら……？」

ランスロットは困惑して呟く。

「今さらだけど！　人前でべたべたするのも禁止！　表向き何もなかったことにする！　これが守れないなら、お前とはこれきりだ」

樹里が目を吊り上げて言うと、ランスロットが眉尻を下げた。どこか悲しげな瞳で見つめられて困ったが、これは譲れない。王妃という立場にいる以上、臣下と恋仲になってはまずい。

「……分かりました」

ランスロットは渋々頷いた。

部屋まで送ると言われたが、誰かに見られるのが嫌で断った。そもそも宿舎でこんなことをして、誰かに聞かれていないか心配だ。声を抑えることができなかったし、誰かが廊下を通っていたら確実にばれているだろう。

「クロ、頼む」

樹里は床に寝そべっていたクロを呼びつけた。大きくあくびをして伸びをすると、クロが軽やかな足取りでやってくる。その背中に跨ると、ランスロットが別れ際にキスをしようとしてきた。

「もう駄目」

ランスロットとの触れ合いはきりがない。樹里は赤くなってさっさと部屋から出た。寂しそうな顔で見送るランスロットを振り切り、王宮へ戻った。

まだ夜明け前なので、見張りの兵もいない。限られた兵しかいない状態をよかったと思ったのは初めてだ。

部屋に戻ると、樹里は疲れ果ててベッドに横たわった。疲れていたが心は満ち足りていた。ランスロットをついに受け入れてしまったことに憂いがまったくないとは言えないが、あれほど想われたら樹里も覚悟を決めるしかない。もううだうだ考えるのはやめだ。どのみち困難だらけの状況だ。なるようにしかならない。

（っつっても、まだ好きとか愛してるとか言えないんだけどさ……。そっちはまだ時間がかかる。ごめん、ランスロット）

愛の言葉を降り注いでくるランスロットには申し訳ないが、何もかもを認めるには少し時間が必要だった。まだ自分の中にはアーサーに対する想いがある。

（すぐに戦闘になる）

樹里は目をつぶり、やがて訪れる敵の襲撃を思い描いた。ジュリを止められるかどうかが今後のキャメロットの未来を占う指針となるだろう。

8 破壊 Destruction

王都とラフラン領の境を横切る川があふれ、街道を分断したと聞いたのは、翌日の夜だった。マーリンはジュリを足止めするべく、川の流れを止め、わざと街道に水を氾濫させた。起伏のある道に大量の水が溜まり、街道を大きく迂回しないと王都へ辿り着けなくなった。迂回ルートだと一日余分にかかるので、水が引くのを待つか迂回するかでジュリは悩むだろう。

これはある意味、危険な策だった。ジュリを足止めすることはできるが、同時に水が引くまでラフラン領からの援軍も呼べない状態になるからだ。だが、マーリンは熟慮した末に、この策を実行に移した。援軍よりも足止めを選んだのだ。

騎士たちは剣を磨き、矢羽を量産した。ラフラン領でジュリが領民を虐殺したことを覚えているのだ。手を動かすだけで人が倒れ、死んでいくのを目の当たりにした騎士たちは、死地に赴く覚悟で剣を研いでいる。

「ランスロット、これはもう手がないと思った時に使え」

マーリンは武器保管庫から呪いの剣を取り出すと、遺体安置所の隣の部屋に置いた。マーリンもできればこれを使ってほしくないようだ。諸刃の剣とはまさにこのことだ。使えばジュリは倒せるかもしれないが、こちらもダメージを負う。最悪の場合、ランスロットは死ぬだろう。

「分かりました」

ランスロットは箱に入れられた剣を見下ろし、真剣に頷いた。樹里はいざとなったら、剣を奪い去って逃げようと決意した。マーリンもランスロットも、アーサーを守るために命を捨てても構わないと思っている。けれど樹里はアーサーの遺体を守ることに重きを置いていなかった。もちろんアーサーが復活してくれたら樹里だって嬉しい。しかしそれは生きている人の命を犠牲にしてまで成し遂げることではないとも感じていた。第一、今、守り抜けたとして、本当にこの先何百年も未来に復活するのか。それまで本当に守り切れるのか。樹里たちののちの世代に変わった頃、言い伝えはただのおとぎ話となり、忘れられていく可能性だってある。

生きている今こそ、大事だった。

アーサーはあの時、死んだ。今を生き抜くことこそ大事ではないのか。

「トリスタンの姿が見えない」

明日にもジュリが攻めてくるかもという緊迫した状況の中、マーリンが顰め面で言った。そういえば宝物庫で見かけたという話を聞いて以来、姿を見ていない。マーリンによれば、王宮にも神殿にもトリスタンの気配がないそうだ。マーリンほどの高名な魔術師になると、どこに隠れていようとある程度その者が放つ気のようなものを感じとれるらしい。トリスタンは泥棒を疑われて逃げたのだろうか。何も言わずに国に帰ったとか？

「奴に構っている余裕はない。モルガンの手先なら話は別だが。……いや、モルガンの手先ではないだろう。モルガンの好む性質(たち)ではない」

マーリンは軽く首を振った。樹里もトリスタンがモルガンの手先とは思えなかった。あの性格ではモルガンと馬が合う気がしない。

「ジュリは迂回ルートで王都を目指している。明日……早ければ昼過ぎに現れるだろう」

マーリンは鳥を使って、ジュリの動向を細かく把握している。明日にはジュリと対峙(たいじ)するのか。

樹里はクロに眼帯をつけて歩く練習をした。クロはジュリに操られる可能性があるので、ジュリの目を見えないようにして闘うことにしたのだ。幸い、クロは王宮と神殿の道を把握していて、目隠ししていても匂いだけで移動することが可能だった。

「念のため、今日からグィネヴィア姫の部屋を魔術で封印する」

マーリンはそう言って、グィネヴィアの部屋の扉や窓を魔術で封印した。グィネヴィアの部屋には三日分の食料と水が運び込まれた。グィネヴィアを利用されないためには、仕方ない措置だった。封印されることに関してもっと文句を言うかと思ったが、意外にもグィネヴィアは何も言わなかった。

考えられる限りの準備はした。どうか被害ができるだけ抑えられますように、ジュリを捕らえることができますようにと樹里は女神に祈りを捧げた。

そして——夜が明け、運命の日は訪れた。

軽い昼食をすませた時、城内に角笛の音が響き渡った。樹里はびくりと肩を震わせた。敵が来た合図だ。部屋を出ると、慌ただしく人々が駆けている。闘えない者は神殿の二階にある部屋に隠れることになっている。ジュリの目的は地下にあるアーサーの遺体の破壊だ。邪魔しない人間を殺しはしないだろう。

樹里はシャツにズボン、革のブーツという動きやすい格好でクロに跨(また)がり、王宮の一番高い城壁の小窓に向かった。

角笛が二度、響き渡った。これはジュリが神殿側からではなく王宮側から入ろうとしているという合図だ。マーリンは王都に着いてからずっと、神殿の入り口に魔術を幾重にもかけていた。神殿の入り口から入ろうとすると、複雑に編み込まれた魔術で身動きできなくさせるというものだ。ジュリはそれに気づいて、王宮側から神殿に入ろうとしている。同じような魔術を王宮の入り口にもかけられたらよかったのだが、神殿の入り口だけで時間切れになった。

(とうとう始まるんだ)

樹里は状況を把握しようと外を覗く。

王宮は堀で囲まれていて、唯一ある吊り橋から人は出入りすることになっている。今、その吊り橋は上がっている。城壁ではたくさんの騎士が弓矢を構えて潜んでいた。ランスロットはその後ろで騎士たちに指示を出している。遠目にも真紅のマントと甲冑(かっちゅう)が輝いて見える。

じりじりして不安な気持ちで樹里は小窓から外を眺めた。やがて土煙が起こり、馬が数頭、城に近づいてくるのが確認できた。

「構え！」

ランスロットの号令がここまで響いてくる。いっせいに騎士たちが矢を構えた。土煙はどんどん迫ってきて、肉眼でも馬上の人の姿が分かるほどになった。先頭を走っているのはグリグロワだ。獣の皮を被り、葦毛（あしげ）の馬を走らせていた。その後ろにジュリがいる。黒い一枚布の服を着ていて、腰に金のベルトを巻いている。片方の腕を失っているので、グリグロワの馬に乗せてもらっているのだろう。

矢が届かない距離で彼らは一度停止し、それぞれ馬から下りた。グリグロワ以外のケルト族が三人、それぞれ違う獣の皮を被り、顔を隠している。弓矢隊は身を潜めているので、ジュリは警戒した様子もなく歩を進めた。

「吊り橋を下ろせ」

ジュリは堀の手前で立ち止まり、グリグロワに命じた。ジュリが矢が届く距離まで来た——。

「放て‼」

ランスロットの命令が響き、矢がいっせいにジュリめがけて放たれた。ジュリは薄ら笑いを浮かべて立っていた。無数の矢に射られても痛くも痒（かゆ）くもないのだろう。だが、徐々にその顔から笑いが消えた。まず同行していたケルト族が倒れた。彼らは矢の攻撃を浴びて、よろめきながら堀に落ちていった。ジュリは何か気づいたようで眉根を寄せた。

「効いているぞ！　射よ、射よ‼」

ランスロットが騎士たちを鼓舞するように叫んだ。矢には高熱が生じる魔術がかけられている。たとえ痛みを感じなくとも、矢が当たればジュリは耐えがたい高熱に襲われる。それが証拠に身を翻(ひるがえ)し、後退していく。

「クソ、悪あがきを……」

ジュリが忌々しげに呟いたのが樹里には聞こえてきた。ジュリとは魂を分け合っているせいか、遠くて聞こえないはずの囁(ささや)きすら聞こえる時がある。自分の声も聞こえるかもしれないと、樹里は口を閉じて見守った。

ジュリは目を赤く光らせて、城壁に姿を現した騎士に向かって手を伸ばした。すると、それまで弓を構えていた騎士が、次々に倒れ始めた。

「交代しろ！　時間をかけるな！」

ランスロットはあらかじめ決めていた通り、倒れた騎士を他の騎士によって後方へ下がらせ、違う騎士を前衛に置いて矢を放った。ジュリの視線から逃れると倒れた騎士たちも意識を取り戻し、再び弓矢を構えることができた。

「イライラさせるな……」

ジュリは襲いかかってくる矢から逃れながら、腕を引く動きをした。城壁にいた騎士がまるで何かに引っ張られたかのように地面に落下する。

（あ……っ）

落下した騎士は怪我(けが)を負い、血を流しているにも拘(かかわ)らず、よろよろと立ち上がり、吊り橋を下ろすためのジャッキに向かっていく。ジュリが操っているのだ。吊り橋を下げられる、と焦って樹里は腰を浮かした。

　けれど樹里が案ずるより早く、落下した騎士は突然身体を大きく揺らし、地面に倒れ込んだ。ジュリは癇癪（かんしゃく）を起こした子どものようにイライラしながら、騎士の身体を操ろうとした。だが何度やっても、騎士は倒れ込んでしまう。

「……マーリンか」

　ジュリが憎々しげに呟いたのが分かった。どこからかマーリンがジュリの術を封じているのだ。

「……クソッ」

　ジュリは大きく顔を歪め、腹立たしげに飛んでくる矢を城壁に撥（は）ね返（かえ）した。幸い石壁に当たり、矢は誰も傷つけなかった。

　よく見ると、ジュリの着ていた衣服に小さな炎が生まれていた。何十本、何百本と高熱の矢を射られ、ジュリの衣服が発火したのだ。これにはさすがのジュリも辟易（へきえき）したらしく、悔しそうに身を翻した。

　ジュリが逃げていく。

（やっ……た？）

　樹里はジュリの姿が見えなくなると、それまで力が入っていた肩を下ろした。矢の攻撃は効いたのだ。ランスロットの「待て！」の号令が聞こえる。

「敵は撤収した！」

ランスロットの大声で騎士たちから歓声が起こる。ひとまず、ジュリを遠ざけることに成功したのだ。樹里も嬉しくなってクロの首に抱きついた。

「ケルト族を回収せよ！」

ランスロットの指示に数名の神兵が堀に下りていく。彼らは堀に浮かんだケルト族の男を摑み、運んでいる。樹里はクロに跨り、城を飛び出した。

「大丈夫か⁉」

城の外に出ると、びしょ濡れのケルト族の男たちが神兵によって安全な場所に運ばれた。彼らは唸り声を上げながら身を起こす。

「上手くいったな」

ゆったりした足取りで現れたマーリンは、グリグロワを見下ろした。グリグロワには傷一つない。それは他のケルト族も同じだった。彼らにはあらかじめ防御の魔術がかけられており、戦闘が始まったら、すぐに堀に飛び込むよう指示してあったのだ。防御の魔術は何度も矢に射貫かれたら効力を失う。彼らは上手い具合に怪我を負う前に堀に飛び込んだ。

ジュリはケルト族の男たちは死んだと思っているだろう。マーリンはケルト族を助けないと踏んだのだ。

「助けられた。この恩は必ず返す」

グリグロワは獣の皮を脱ぎ、樹里たちに礼を言った。その瞳には深い感謝の念が表れていた。

騎士たちは再び配置についた。ジュリがこのまま帰ってくれればいいが、そう上手くいかないだろう。怪我を負った騎士を治療し、次の闘いに備えた。

ジュリはしばらく姿を見せなかった。

今日はもう諦めてくれるだろうか。そんな淡い期待を抱いた日暮れ時、再びジュリが現れた。

「来たぞ‼」

見張りの兵がジュリが戻ってきたことを知らせ、騎士たちに緊張が走った。

「屑どもめが、身のほどを思い知らせてやる……」

小窓から状況を確認していた樹里は、ジュリの低い呟きを聞き取った。

「射よ！」

ランスロットが命令した時だ。ジュリが両手を広げて高らかに歌い始めた。するとどこからか無数の羽音が聞こえ始めた。何が起きたかと考える間もなかった。ジュリの背後から数えきれないほどの烏が飛び出し、城に向かってきた。空が烏によって真っ黒に染められる。

「う、わあああ！」

「何だ、これは！」

烏は目を赤く光らせ、城壁に身を潜めていた騎士たちに襲いかかった。それらは人々の目や顔に激しく嘴を突き立ててきた。甲冑を着ているとはいえ、無数の烏に群がられて、騎士が悲鳴を上げて城壁から地面に落下していく。

「クソ、こいつめ！」

騎士たちはたまらず剣を抜き、群がる烏を斬り殺していく。騎士と烏で城壁は混乱し、多くの悲鳴と怒号が交錯した。樹里はそれを見守ることしかできなかった。彼らを救いたくても、どうすることもできない。そうこうするうちにジュリは落下してきた騎士を操り、吊り橋を下ろそうとする。

「ははは、いい気味だ」

ジュリは楽しそうに笑いながら、騎士を操る。マーリンが術でそれを阻止しようとしても、矢の攻撃を受けていないジュリには問題ではなかった。今やジュリは数人の騎士を操っている。

「通らせてもらうよ」

吊り橋が完全に下りると、ジュリは悠々と橋を渡り始めた。そのジュリの前に躍り出た騎士がいた。

「ランスロット！」

樹里は小窓からそれを見た。ランスロットは妖精の剣を構え、驚くほどの素早さでジュリに斬りかかった。ジュリが妖精の剣の風圧で飛ばされ、ひっくり返る。ランスロットは単身でジュリに立ち向かったのだ。

「ちっ、厄介な奴だな……」

ジュリはランスロットの攻撃を身を低くして躱(かわ)した。ジュリには剣士としての素質はない。単に魔術が剣を押し戻すので、まるで躱しているように見えるだけだ。

「風圧だけで僕をどうにかできると、本気で思っているのか？」

ジュリは橋のたもとまで後退させられながらも、嘲笑した。両手を動かし、低い声で歌い始める。とたんに烏がランスロットに群がった。ランスロットが妖精の剣を振るたびに烏は消えるが、次から次へとやってくるのでジュリへの攻撃が遅れた。

「消えろ、邪魔な奴め！」

ジュリは懐から杖を取り出し、ランスロットに向けた。大きな光の玉がランスロットの胸部を直撃した——と樹里は思ったが、その寸前にランスロットは刃でそれを受け止めた。

「ぐぅ……っ」

ランスロットは剣で光の玉を受け止め、踏ん張っている。光の玉はランスロットの刃の前で、どんどん大きくなっていく。

「ランスロット！」

樹里が叫んだ瞬間、ランスロットの身体が弾かれて堀に落とされた。光の玉はランスロットを弾き飛ばすくらい大きくなったのだ。

「後で嬲り殺してやるよ」

ジュリは堀に落ちたランスロットを一瞥し、走りだす。

ジュリがとうとう王宮に入り込んでしまった。樹里は慄然として、クロに跨った。何も言わずともクロは廊下を走りだし、階段を駆け下りる。先回りして神殿に行くつもりだった。堀に落ちたランスロットも必ずアーサーの遺体が置かれている部屋にやってくる。ランスロットはジュリを倒すことを絶対に諦めたりしない。

樹里はその前に呪いの剣をどこかに隠すつもりだった。ジュリがアーサーの遺体を破壊するのはもう仕方がない。あとはどれだけ被害を最小限に抑え、ジュリに出ていってもらうかを考えるべきだと思った。いざとなれば城を捨てて逃げればいい。誰もがこの城や神殿を守ろうとするが、生きていれば王宮も神殿も造れる。闘うことができる。樹里はそう信じていた。

（あ……っ）

神殿に繋がる渡り廊下を走っている時、王宮から悲鳴と爆発音が聞こえた。茂みに身を潜めて窺うと、中庭で閃光が走った。ジュリは斬りかかってくる騎士や兵士を次々と殺しながら、中庭に向かっていた。そこで待ち構えていたマーリンに閃光弾をぶつけられていた。

予想外の攻撃にジュリは引っくり返って目を押さえていた。閃光によって一時的に視力を奪われたのだろう。すかさずマーリンが杖を振るい、ジュリに風の刃を浴びせる。

樹里はこの隙にと神殿に渡った。神殿では数人の神兵が闘いに備えて剣を握っていたが、樹里は彼らに「逃げろ！」と叫んで横をすり抜けた。樹里の命令に戸惑い気味に神兵が振り返る。もう一度今度は立ち去るように命じると、迷いを見せながら持ち場を離れていく。マーリンなら命を落としてでも時間稼ぎをしろと言うだろうが、樹里は無為に命を捨てるのを見逃せなかった。

中庭へ目を向ける。ジュリとマーリンが魔術で闘っていた。それが長く続かないことが樹里には分かった。

ジュリは術をかけながらマーリンとの間合いを詰めている。一方、マーリンはゆっくりとしか歩けないから、二人の距離はあっという間に縮まった。

（マーリン！）

　樹里が息を殺した瞬間、ジュリがナイフでマーリンを突き刺した。ナイフはマーリンの腹部に深く潜り、刹那（せつな）、マーリンの姿が消えた。地面に一本の枝が転がった。マーリンはいなくなり、もうジュリに対抗できる術者はいない。

　樹里は地下にある遺体安置所に急いだ。神殿内の人々はとっくに避難していて、クロは自由に駆けられる。

（マーリンの術はまだ完成しないのか）

　樹里は遠い地にいるマーリンの呪術の完成を祈った。だがマーリンの呪術が完成するのは明後日なのだ。奇跡でも起こらない限り、無理だ。

　遺体安置所に着くと、樹里はクロから飛び降りた。ジュリの脅威が及んでいないこの場は静けさを保っていた。樹里は遺体安置所の隣の部屋に飛び込み、呪いの剣がしまわれている箱を手に取った。純銀製なので、ずっしりと重い。呪いの剣は箱越しでさえ怖気（おぞけ）が立つ。樹里はそれを抱え、奥へと走った。

（すぐには見つからないところ……そうだ）

　樹里は不浄場と呼ばれる場所に駆け込んだ。いわゆるトイレというやつだ。ランスロットもまさかこんな場所に呪いの剣を隠すとは思わないだろう。

　樹里は掃除用具で箱を覆い、そこから出た。クロと共に樹里もこの場を去るつもりだった。

　ところが、廊下を戻ろうとしたとたん、悲鳴と怒声が聞こえた。それはどんどん近づいてくるのが分かる。

（まずい。ここは袋小路なんだ）

樹里は焦ってクロを止めた。このまま走っていけばジュリと対峙してしまう。ジュリと一対一で闘っても勝ち目がないことは身に沁みて知っている。樹里は仕方なく呪いの剣がしまわれていた部屋に身を隠した。

遺体安置所が見える扉の陰に身を潜めると、あれほど恐ろしげに響いていた悲鳴や怒声がぴたりとやんだ。そして、近づいてくる足音――。

「手間をかけさせる……。まったく」

うざったそうに呟く声はジュリのものだ。ジュリはかつて神の子として神殿で暮らしていた。だから神殿についていては熟知している。迷いなく遺体安置所の前に進むと、手で扉をコツコツと叩いた。

「なるほど、ずいぶん複雑な魔術が施されている」

ジュリはほくそ笑むと、扉の前で歌い始めた。マーリンの施した封印を解くための魔術だろう。マーリンがいなくなった今、やがて扉は開いてしまう。

樹里は観念するしかなかった。目的を果たしたら、帰ってくれますようにと念じる。

「待て！　それはさせぬ‼」

突然の声に、樹里はハッとした。ランスロットだった。甲冑を脱ぎ捨てたランスロットは、全身びしょ濡れで妖精の剣を握っていた。

「邪魔をするな！」

ジュリが杖を振りかざす。ランスロットはその攻撃を妖精の剣で撥ね返した。すかさず剣を振り下ろし、ジュリの身体を壁に叩きつける。ジュリは憎々しげに顔を歪めた。光の玉がいくつもランスロットに放たれる。ランスロットは身軽にそれを躱し、ジュリへ剣を突き立てた。

「ああ、腹が立つ！」

ジュリは闇雲に術を繰り出した。ランスロットは妖精の剣でそれらを躱した。互いに致命傷となる攻撃を与えられないことが分かったに違いない。ランスロットはじりじりとこちらに近づいてくる。——呪いの剣を使うつもりだ。

「グルル……ッ！」

樹里が隠れている部屋に入ろうとしたランスロットの横を、飛び出したものがいた。樹里と一緒に身を潜めていたクロだ。クロはランスロットに加勢しようと、風のように駆けだし、杖を持つジュリの腕に嚙みついた。

「あっ、ち、畜生、何でこいつが——」

ジュリが予想外の攻撃に驚いてクロを蹴飛ばす。

「神獣⁉　何故お前が——」

ランスロットも突然現れたクロに驚きを隠せなかったが、何かを察したようにハッとしてこちらを振り返った。しゃがみ込んでいた樹里と目が合い、すべてを察して背中を向ける。王宮で隠れているはずの樹里がいることに、驚愕(きょうがく)している。

『何故このような場所に——』

樹里がここにいるとばれたら厄介なことになる。樹里は頭を抱え、脂汗を滲ませた。どうしよう。面倒なことになってきた。自分を人質にとられたら、ランスロットは何もできなくなる。

「どいつもこいつも、邪魔ばかりしやがって！」

ジュリは激昂(げっこう)して、クロの身体に杖を突き刺した。クロが甲高い鳴き声を上げ、廊下に転がる。その脇腹から血があふれるのを見て、樹里は「クロ！」と叫んで廊下に飛び出した。

「樹里様！」

樹里の存在に気づいたジュリの前に、ランスロットが立ちふさがる。樹里は廊下に倒れたクロに駆け寄り、その身体に触れる。ランスロットは樹里に向けて術を使おうとするジュリに剣を振り上げた。すさまじい勢いで刃が空を切り裂く。樹里はその間にあふれ出た涙でクロの怪我を治した。

「クロ、逃げるぞ！」

樹里は力を取り戻したクロに怒鳴り、闘っている二人の脇をすり抜けた。

「逃がすものか、いいところに現れてくれた――」

クロと共に逃げ出せたと思ったのも束の間、廊下の角を曲がる瞬間、何かに襟首を引っ張られて樹里はクロから引きずり落とされる。

「樹里様！」

ランスロットが叫ぶ。樹里は廊下の冷たい床の上で首を押さえて悶絶(もんぜつ)した。首に何かが巻きつき、息をするのを許さない。苦しくて声さえ出せず、樹里は身悶(みもだ)えた。

「おのれ、術を解け！」

ランスロットはジュリに剣を振り下ろす。ジュリはランスロットの攻撃を避けながらも、樹里を始末しようと術を続ける。

（もう息が――）

樹里は意識が朦朧としてきた。視界がかすみ、顔が鬱血する。あまりの苦しさに死を予感した。

「樹里、血を」

ふいに清涼な風が吹き、金色の髪が樹里の視界に映った。もしかしてアーサーが迎えに来たのか、やっぱり死ぬのかと諦めの境地に立ったとたん、誰かが樹里の指先にナイフを滑らせる。

「ゴーレムよ、彼を拘束しろ」

樹里の両脇を黒く大きな影がすり抜けていった。それらが何かを考える間もなく、誰かの悲鳴が聞こえてきた。とたんに樹里の首を絞める力が消えた。

「げほ……っ、ごほ……っ」

「大丈夫か？」

誰かが樹里の背中を撫でる。樹里は必死になって咳き込んだ。息が吸える。空気が肺に取り込まれる。助かったのだ。樹里は顔を上げた。アーサーと見間違えたのはトリスタンだった。アーサーと同じ金髪だから勘違いしたのだ。

「な、何だ、これは！」

ジュリの悲鳴が廊下に響き渡った。そこには見たことのない光景が広がっていた。黒い三メートルはあろうかという大きな人形の泥の塊がジュリに伸し掛かっていた。そのせいでジュリは術を止めざるを得ず、樹里は助かったのだ。

「これは一体……」

妖精の剣を構えていたランスロットも状況が理解できないようだ。

「ゴーレムだよ。六体で大丈夫かな。これ以上は材料がないから作れなくて」

トリスタンはあっけらかんと言い、樹里の血が滲んだ指先を見つめた。

「あなたの血を使わせてもらった。ふつうの武器は彼には効かないようだけど、あなたの血を核としたゴーレムなら違うようだ」

そういえば死にかけた時、血をもらうと言われたような……。樹里は改めて指先とゴーレムに押し潰されているジュリを見た。トリスタンの言う通り、ゴーレムはジュリの身体を圧迫して押さえつけている。ジュリの腕から杖が落ち、ゴーレム同士が手を繋ぎ、ジュリをゴーレムの囲いに閉じ込めていく。

「すごい、これなら……」

樹里は期待を込めてゴーレムを見た。だが、ジュリを押さえつけていたゴーレムが一体、弾けたように爆発する。泥が飛び散り、廊下や壁に飛散する。泥だらけになったジュリはぞっとするような歌をゴーレムに聞かせた。すぐさま別のゴーレムがジュリに伸し掛かるが、弾き飛ばされてしまう。ジュリは伸し掛かるゴーレムを次々に爆発させる。廊下に泥が跳ね散り、樹里たちさえ汚れた。

「やばいじゃん！」

トリスタンの魔術で作られたゴーレムすらも時間稼ぎにならないのかと、樹里はランスロットとトリスタンの手を摑んだ。このまま逃げようと言うつもりだった。

「いえ、多分大丈夫。魔力を使いすぎて——ほら」

トリスタンがジュリを指差す。何がと言う前に、ジュリの異変に気づいた。五体目のゴーレムが爆発した直後だ。ジュリが振りかざした手を、大きく震わせた。

「何だ……？　ち、力が……」

ジュリは信じられないというように目を見開き、一歩前進しようとした。そこへ最後のゴーレムが伸し掛かると、ジュリは呆気なく廊下に倒れ込む。その目がらんらんと光り、怒りに満ちたどす黒い感情を噴き出す。

「まさか、この僕が……っ、おのれ、おのれぇ……っ、許さない……っ」

ジュリが痙攣（けいれん）しながら毒づく。ジュリの動きは目に見えて止まっていった。最初は手や足が、やがて胴震いが、最後には視線だけがぎょろぎょろと動いた。それも止まった頃、ジュリはピクリとも動かなくなった。

「マーリン殿の術が完成したようだ」

トリスタンが呟き、ジュリに近づいていった。予定より少し早くマーリンはジュリを仮死状態にする術を完成したらしい。ひょっとしたら魔力を使いすぎたことも、術の完成を速める要因になったのではないか。樹里はおそるおそるジュリの足元に歩を進めた。ジュリはこの世界に来て初めて会った時のように、死んでいた。否、死んでいるように見えた——。

「やった……のか？」

樹里はランスロットを見上げて声を震わせた。ランスロットはジュリの鼓動が止まっているのを確認して、ようやく妖精の剣を鞘に収めた。

「我らの勝利と喜んでいいでしょう」

ランスロットが大きく頷き、樹里は歓声を上げて抱きついた。ジュリを仕留めることに成功したのだ。安堵と喜びで涙が滲む。ランスロットも微笑みながら樹里を抱きしめ返す。呪いの剣を使わずに、最低限の犠牲で成し遂げた。こんなに嬉しいことはない。

「この喜びを皆に伝えましょう」

ランスロットは晴れやかな笑顔で言った。仮死状態のジュリの身体を魔術を施した棺に納め、敵を倒したことを皆に伝えに行く。喜びは連鎖し、王都と神殿にいたすべての者が勝利の雄叫びを上げた。

樹里は怪我を負った兵たちの治療に走った。

トリスタンのおかげでジュリを止められた。あの時トリスタンが現れなかったら、自分は死んでいただろうし、ランスロットも殺されていたかもしれない。それにしてもトリスタンはいつもタイミングが良すぎる——。疑問は依然としてあったが、樹里はひとまず勝利に酔いしれた。

三日後、王都にマーリンがやってきた。一カ月に亘る長い呪術のせいですっかりやつれていたが、その顔はジュリを仮死状態にできたという達成感にあふれていた。

ジュリとの闘いによる死者は十八名にも及んだ。遺体は丁重に埋葬し、重傷者は樹里が治療した。ジュリのせいで城のあちこちが崩れ、修繕が必要になった。けれど当面の危機は去り、樹里たちにはひと時の平和が戻っていた。

「よし、今後は定期的に呪術をかけよう。そうしないとしばらくして生き返ってしまうからな」

マーリンは棺に納められたジュリを眺め、そう呟いた。ジュリの身体には傷一つつけることができなかった。以前蘇って樹里を窮地に陥れたように、今は棺に納まっているジュリもやがて目を覚ましてしまうだろう。それを阻止するために、マーリンは定期的に呪術をかけ続けるしかなかった。

マーリンはトリスタンに礼を述べた。あれほどトリスタンを煙たがっていたマーリンだが、今回、術が間に合ったのはトリスタンの功績が大きいと理解していた。何よりもトリスタンがいなければ、樹里は殺されていただろうし、アーサーの身体も破壊されたかもしれないのだ。

「ゴーレムを作るなど、並の魔術師ではない。そもそも材料がよく揃ったものだ。この国にはないものも必要だったであろう？」

マーリンはトリスタンを部屋に呼び出し、鋭い目つきで聞いた。少なくともマーリンには作れない。この国には存在しない材料が必要だからだ。

「それにお前は、どうやって私のもとに来た？」

マーリンは樹里とランスロットの前で、不可解な話を始めた。というのも、ラフラン領の北の塔で呪術を行っていたマーリンの前に、闘いの二日前にトリスタンが現れて「あとどれだけ時間稼ぎが必要なのか」と尋ねたそうなのだ。どうりでトリスタンを見かけなかったわけだ。ひそかにラフラン領に戻っていたなんて。

「それはもちろん、馬で」

トリスタンは邪気のない顔で答える。

「来るのは問題ない。だがお前が王都へ戻ろうとした時、街道は水でふさがれていたはずだ。闘いに間に合うはずがない」

マーリンはこの疑問を解消するまではどこへも行かせないとばかりに、トリスタンを睨(にら)みつける。トリスタンはマーリンの呪術が完成する正確な時間を知っていたから、あの時余裕だったのか。それにしてもどうやってラフラン領から戻ってきたのだろう。まさかマーリンのように分身の術でも使ったのか。

「うーん……俺の馬、すごい速いから」

トリスタンは困ったように笑った。答えになっていない。

「もしかして宝物庫に入ったのは、ゴーレムの材料となる物を探していたのか？」

樹里は気になっていたことをトリスタンに尋ねた。

「え？　あ、は——そうそう、そうです。見られていたのか」

トリスタンはごまかすように顔を手で隠した。マーリンでなくとも怪しいと思わずにはいられない。

「まぁまぁ、丸く収まったんだからいいじゃないか。それとも俺を拘束する？　特に捕まるようなこと、やってないけど」

余裕の笑みで言い切られ、樹里はぐうの音も出なかった。怪しいことこの上ない男だが、本人が言う通り、拘束するような罪は犯していない。それどころか感謝することばかりだ。異常に速く王都とラフラン領を往き来したというだけで、罰せられない。

「……これからお前の監視は私がする。尻尾を見つけてやる」

マーリンは目を光らせ、油断なくトリスタンを見据えた。

「喜んで。マーリン殿ともっと仲良くなれるなぁ」

トリスタンはマーリンの放つ物騒な気にもめげず、いけしゃあしゃあと言う。これにはさすがのマーリンも絶句し、反論もできなかった。前から思っていたが、トリスタンはマーリンを慕っているようだ。

結局トリスタンの不可解な点は解消しなかったが、当座の平穏は得られた。

樹里は闘いから一週間が過ぎた頃、ランスロットを伴ってグィネヴィアの部屋を訪ねた。今日はマーハウスがつき添っていて、樹里たちが来ると席を外してくれた。ランスロットは何を言いだすのか分からず、樹里の背後で戸惑っている。

「グィネヴィア」

グィネヴィアの手首は相変わらず蔓(つる)で拘束されている。傷が痛々しいが、気丈なグィネヴィアは弱音は口にしない。長椅子に背筋を伸ばして座り、樹里を見つめる。

「俺にランスロットを譲ってくれというのは間違っている」

樹里は、はっきりと言った。ランスロットとグィネヴィアが身を硬くする。

「ランスロットが欲しいなら、自分の手で奪えばいい。色仕掛けでも、泣き落としでも——俺にいくら訴えたって無駄だよ。誰かの手を借りるのはもうやめろ。欲しいものがあるなら、自らの手で摑むしかないんだ」

グィネヴィアへの決別も込めて、樹里は言い切った。グィネヴィアの顔から血の気が引く。一度はグィネヴィアの心情に流されて誤った真似をしてしまった。もう二度と失敗を繰り返さないように、樹里はまっすぐにグィネヴィアを見つめた。

国は崩壊しかけ、未来が分からない今、樹里はグィネヴィアにも変わってほしかった。自分の地位にすがるのではなく、キャメロットのために力を尽くしてほしかった。

それがモルガンに操られない一番の方法だと信じたかった。

「……私は」

グィネヴィアはかすかに目を伏せて、長いまつげを揺らした。すると、すっとランスロットがグィネヴィアの前に膝を折った。

「姫、あなたのお気持ちは有り難いと思いますが、どうぞ私のことは諦めていただきたい。これまであなたを傷つけてはいけないと口にはしませんでしたが——私があなたを愛することはありません」

いきなり何を言いだすのだと樹里はあんぐり口を開けた。グィネヴィアも目が点になって固まっている。

「樹里様のことがなくとも、私はあなたを選びません。生涯を共にするには、あなたはいささかわがままというか、人を苛立たせる……いえ、口が過ぎました。ともかく、そういうことですので」

ランスロットはグィネヴィアの怒りが爆発する前に、立ち上がり一礼した。グィネヴィアの唇がわなわなと震えている。ランスロットは樹里の手を握り、部屋を飛び出した。扉を閉めたとたん、グィネヴィアの癇癪(かんしゃく)が聞こえてくる。

「馬鹿！　あそこまで言う必要ないだろ！」

廊下を歩きながら樹里はランスロットの背中に怒鳴った。これまでランスロットはグィネヴィアにあんなひどい発言をしたことはなかった。あんな本音を隠していたのかと思うと呆れるしかない。

「まったく騎士として、女性を傷つけるのは最低の所業です。ですが、愛しい人を守るためにはいたしかたありません。あれだけ言えば、さすがに姫も理解されるでしょう」

ランスロットは樹里の焦りなど気にかけた様子もなく、静かに微笑む。確かにあれだけ言われたらグィネヴィアも諦めるだろう。荒療治ではあるが。

「樹里様、どうかこれからは一人で悩まず、私にもその重荷を分けて下さい」

ランスロットは樹里の肩を抱き寄せ、真摯(しんし)な態度で述べた。グィネヴィアのことを一人で考えてどうにかしようと思ったのが間違いだったのかもしれない。ランスロットを受け入れると決めたなら、二人はもう運命共同体なのだ。

「分かったよ。頼りにしてる」

樹里も微笑んで言った。

この先グィネヴィアがどうするかは分からない。樹里とランスロットの関係だって、どう転がるか分からない。けれど、モルガンに対抗するには、愛とか誠実さとか、人に対して揺るぎない気持ちが必要なのだと感じていた。人間の負の感情を力にするような魔女と立ち向かうには、国を思う気持ち、人を思う気持ちが必要なのだ。

「魔女モルガンは、どう動くでしょう」

マーリンの待っている円卓の間に戻った時、憂えた表情でランスロットが呟いた。

ジュリの件は片づいた。しかしこれで終わりではない。ジュリが仮死状態になったことをモルガンが知れば、次の手を打ってくるはずだ。

「魔女モルガンは王宮と神殿には入れない。だが、モルガンはどんな手を使ってでもアーサー王の遺体を破壊しようとするはず。おそらく誰かを使って扉の封印を解こうとするだろう。しかし憑依(ひょうい)の術には制限がある」

マーリンは目を光らせて言った。

「グィネヴィアに憑依しても扉を開けられなかったもんな」

魔術師ではない身体に憑依しても、上手く魔術が使えない——ということだろう。

「そうだ。ジュリがいない今、神殿に入れて、なおかつモルガンが憑依できる身体は一つしかない」

樹里は驚いた。まだ他にいるというのか。

「——ガルダだ」

思い出したくない人物の名に、樹里はランスロットと視線を交わした。そうだ、魔術を使える者がまだいた。マーリンやジュリほどではないが、モルガンの子どもであるガルダも魔術は使える。ガルダの身体であれば、モルガンは遺体安置所の扉を開けられるかもしれない。

「我々はモルガンを阻止する手立てを考えねばならない。アーサー王の遺体を動かすことも含め……」

マーリンは遠くを見据えて言った。自分たちには何ができるだろう。

(アーサー、この国を守るよ)

樹里は心の中で呟いた。

隣には頼りになるこの国一番の騎士がいた。この国を守るために、手を取り合い進んでいこうと樹里は決意を固めた。

POSTSCRIPT

HANA YAKOU

こんにちは&はじめまして。夜光です。

ランスロットと樹里の本の二冊目が出ました。この本を初めて手に取ったという方は『騎士の誓い』と、『少年は神』シリーズも読んでいただけると嬉しいです。

二冊目ということで新キャラ投入してみました。ランスロットは影的キャラクターなので、光的キャラクターです。ちょっとチートすぎたかなと思いつつ、書いてて楽しかったです。

二冊目でなんとか敵の脅威を減らせました。本当にアーサーがいないと苦しいです。いなくなって分かる主役キャラのありがたみですね。うっかり敵を殺すこともできないという変な設定のせいで、苦労しました。今回は樹里の心の流れも入れておきたかったので、こうなりました。前向きなようで実は逃げていた部分と向き合うというか。

ランスロットのほうは、まだちょっと負い目が残っていて（アーサーが死んだのは自分の責任と思ってる）これからそれを払拭していきたいです。感情が爆発しているランスロットも好きなんですけど、やはり妖精王にがっかりされないランスロットのほうがよいかなと。ランスロットは私の好きな執着攻なので、エロいシーンは書いてて楽しいですね。

一応次でラストです。本筋ではないけど、こちらの世界はこちらの世界で完結したいです。最後までおつき合い下さると嬉しいです。

引き続きイラストを担当して下さった奈良千春先生。いつもいつも美麗な絵をありがとうございます。表紙絵が意外な感じで、一冊目と並べると荒廃した世界が復活している感

夜光花　URL　http://yakouka.blog.so-net.ne.jp/
ヨルヒカルハナ：夜光花公式サイト

じがとても面白いです。さりげなくトリスタンがいるのも素敵です。本文の絵もランスロットがすごくかっこよくて、マーリンや樹里、クロやトリスタンが生き生きと描かれていて本当に楽しいです。最後の巻もよろしくお願いいします。

担当様、楽しくお仕事させていただけてとても嬉しいです。引き続きよいアドバイスお待ちしております。

読んで下さった皆様、次で長々と続いたこのシリーズも終わる予定です。どうか最後までおつき合い下さい。よろしくお願いします！

ではでは。
次の本で出会えるのを願って。

夜光花

騎士の涙

SHY NOVELS352

夜光花 著

HANA YAKOU

ファンレターの宛先
〒101-0065 東京都千代田区西神田3-3-9大洋ビル3F
(株)大洋図書 SHY NOVELS 編集部
「夜光花先生」「奈良千春先生」係
皆様のお便りをお待ちしております。

初版第一刷2019年1月2日

発行者	山田章博
発行所	株式会社大洋図書
	〒101-0065 東京都千代田区西神田3-3-9大洋ビル
	電話 03-3263-2424(代表)
	〒101-0065 東京都千代田区西神田3-3-9大洋ビル3F
	電話 03-3556-1352(編集)
イラスト	奈良千春
デザイン	Plumage Design Office
カラー印刷	大日本印刷株式会社
本文印刷	株式会社暁印刷
製本	株式会社暁印刷

ISBN978-4-8130-1320-4

SHY NOVELS
好評発売中

騎士の誓い

夜光花　画・奈良千春

私はアーサー王からあなたを奪う！

『少年は神』シリーズの騎士・ランスロットと神の子・樹里のアナザーストーリー誕生!!

キャメロット王国の騎士・ランスロットはアーサー王の右腕として、またその高潔な魂と武勇から騎士の誉れと称賛されている。そんなランスロットは妖精王から託された剣を持ち、禁欲的に生きてきたが、神の子である樹里と出会い、恋をしてしまう。けれど、樹里は忠誠を誓うアーサー王の妃。ランスロットは自分の想いを封印した。そのはずだった。だが、ある日の昼下がり、樹里の部屋を訪ねたランスロットは樹里への激情が抑えきれなくなり!?　魔女モルガンとの闘い、交錯する愛憎、悲劇。自分の犯した罪にランスロットが選んだ道は……